非洲象之谜

The Elephant's Tale

[英]劳伦娟 著   颜冰沁 译

浙江摄影出版社

目录

CONTENTS

1. 陌生男人

　　玛汀第一次看到那辆小轿车，是在萨沃博纳野生动物自然保护区，她当时正站在悬崖上的篝火边吃着早餐。那时她并没有特别注意那辆车，因为腾达伊——祖鲁保护区的管理员正说着一些让她捧腹大笑的事儿，而她自己也忙着品味那些带点儿烟熏味的甜甜的培根香蕉卷。而那辆小轿车，黑漆漆的，车窗捂得严严实实，就在它将要到达远处的房子前，忽然掉头开走了。那个时候，她以为小轿车只是迷路了。

　　第二天，当她正要去看小动物们的时候，那辆黑色的小轿车又出现了。她想起了昨天在悬崖边看到的那一幕，这辆轿车形迹可疑地兜了一圈，慢得像是在送葬。这一次引起了她的注意，因为小轿车开向了萨沃博纳野生动物医院——受伤和流浪小动物们的家——似乎它本来就有权利去那里。后车门打开了，一个高高的秃头男人从车上走下来，身穿看起来很昂贵的海军服，手上戴着的似乎是用整个金锭打造而成的金表。他环顾四周，仿佛他就是这里的主人。

"请问有什么可以帮到你吗？"玛汀问道，尽力掩饰她内心的恼火，因为这个男人和他的小轿车让受伤的小动物们受到了惊吓。她敢打赌，他肯定不会想着把车子开进医院去打扰病人。而就像绝大多数人想的一样，他并不觉得小动物们也应该得到同样的对待。

"噢，我想我已经看到了所有我想看到的。"他回答道。然而他并没有要离开的意思，依然站在那里，嘴上浮起满意的笑容。他把手伸进口袋里，摸出打火机和雪茄，吞云吐雾起来，仿佛有着相当充裕的时间。

"周日我们不对外开放狩猎活动，"玛汀告诉他，"如果有需要，你得先预约，然后在工作日过来。"

"我并不是来狩猎的，"那个男人说，"我是来看格温·托马斯的。那你是谁呢？"

玛汀心里默默叹了口气，三只饿极了的狞猫正等着她去喂，还有一只受伤的羚羊需要包扎，她根本没有心情跟眼前这个男人聊天。而且，外祖母一直叮嘱她不要跟陌生人讲话，但是外祖母没有告诉过她，如果有陌生人以公事的名义来搭讪，她该怎么办。"我是玛汀·艾伦。"她不情愿地说道，"如果你要见我外祖母，她就在屋里。"

"艾伦？"他念了一遍她的名字，又问道，"小玛汀，你在这里住多久啦？你的口音听起来不像是南非本地人，你从哪里来的呢？"

玛汀有点绝望，她真希望她最好的朋友腾达伊或者本——白色长颈鹿杰米就算了——可以出现救救她。但是，腾达伊去风暴十字路口镇采购日用品了，而本去开普敦送他要出发去环游地中海的父母了。她真想告诉眼前这个秃头男人，她叫什么以及她从哪里来跟

他一点儿关系都没有，但她又怕他是一个非常重要的客人，这么说就太不礼貌了。

　　"一年了，"她回答说，"我来萨沃博纳快一年了。"她本可以说，自从去年新年她的父母在英格兰汉普郡的家中死于一场大火之后，她就来到了这里，但是她没有说出口，因为她并不喜欢跟一些

聒噪的陌生人分享自己的故事。她改口问道："外祖母跟你约好了吗？我可以带你过去。"

"一年也不短啦，足够对一个地方产生依恋了。"这个男人评论道。

然而，这个男人接下来吐出来的几个字，让玛汀感觉到寒流穿心。他说："真遗憾。"

对，就是这几个字："真遗憾"。

即使这个男人说话的时候与玛汀保持了一定距离，还显得极其有礼貌，但他说话的方式让玛汀觉得毛骨悚然，想立刻回家冲个淋浴。这个男人唯一做错的事就是，他用雪茄污染了萨沃博纳野生动物医院的空气。

玛汀还没有回过神来，这个男人又接着快速地说："好吧，我想是时候跟你外祖母聊一聊了。不麻烦你了，我知道该怎么去。"

说完，他就回到那辆乌黑发亮的小轿车里，司机载着他离开了，只留下难闻的雪茄味儿和那三个极其有分量的字回荡在空气里，"真遗憾"。

2. 外祖父的遗嘱

那个男人离开后，玛汀想着抄近路去屋里提醒外祖母有一个阴险的男人正要去找她，但玛汀当时没想起来问他的名字，而且有时候对于玛汀的那些"直觉"，外祖母也显得有点不耐烦。无论如何，她得找个什么理由来证明自己的怀疑是有依据的。然而，这个男人穿着得体，开着不错的小轿车，除了问了她是谁，以及武断地评论她看起来不像是本地人之外，他并没有做什么。很快，玛汀决定先不怀疑他了。她的直觉也不是第一次出错了。

狞猫们饿极了，熟练地咬着它们项圈上的线。玛汀走进围栏的时候，它们已经蜷缩起身体，放低重心，准备扑向食物。这几只小猫刚来萨沃博纳的时候还流着口水，耳朵长长的，耳尖毛茸茸的，身子瘦小又虚弱，在最初的几周里，都是窝在玛汀的床上睡觉的。而现在，它们已经和年幼的美洲狮一般强壮了。玛汀把肉抛向空中，它们一下子跳起八九英尺高，用爪子扑抓肉，仿佛是安了喷气式推动器，然后一边发出可怕的咆哮声，一边吞下整块肉。很快，它们就可以回归野外了。玛汀知道自己一定会非常想念它们的。

玛汀带着紧紧攀在她肩上的小猴子菲瑞斯一起去看其他动物。现在已经到了它们吃饭喝水的时间了，而那只长着尖尖角的娇小漂亮的羚羊还需要包扎伤口。玛汀把腾达伊的姨妈格蕾丝给的特制配方的药物替羚羊敷上的时候，它的大眼睛充满信任地注视着玛汀。格蕾丝是巫医，深谙祖鲁和加勒比融合的传统医术。她也是唯一一个了解玛汀天赋真相的人，而这个跟医治动物有关的天赋，甚至连玛汀自己都不能完全理解。出于这个原因，当然还有其他因素，她和格蕾丝之间形成了一种特殊的关系。现在正是暑假，玛汀盼望着可以更多地见到她。

尽管菲瑞斯一直反抗，玛汀还是把它送回了笼子，然后沿路往前走去，向白色长颈鹿杰米问候早安。野生动物自然保护区那扇正对着里屋的大门是关着的。她从侧门走进花园，看见那辆黑色的小轿车就像灵车一样停在车道上。司机靠在引擎盖上，正抽着烟。看见玛汀穿过院子的时候，他举手示意了一下，玛汀毫无热情地朝他挥了挥手。

每个早晨，杰米都会在大门口等着玛汀，今天也不例外。在翠蓝色天空的映衬下，它银白色点缀着肉桂色的皮毛在阳光下闪着微光。玛汀每次看到它都会情绪高涨。玛汀试图驯服它，学着驾驭它已经有十个月了，但她依然没有丧失热情。杰米低下头来，用低沉的带着韵律的微微颤抖的声音跟玛汀打招呼。玛汀挠挠杰米的耳背，又在它丝滑的银色鼻子上深深地吻了一下，杰米便满足地垂下了它那长长的卷曲的睫毛。

"三个多星期的假期呢，杰米，"玛汀说，"你敢相信吗？没有家庭作业，没有数学课，没有历史课，福克纳老师也不会对着我大吼为什么眼睛老是盯着窗外，不用放学后留校，不用上学。最棒的是，本会过来住一段时间。多么美好的日子啊！我们会去探索萨沃博纳在炽烈阳光下的每一寸土地，在湖里划船，也许还会去野营。"

杰米用鼻子顶了顶玛汀，眼中充满了爱意。它示意玛汀可以骑上它跑一跑，但是玛汀拒绝了，因为本马上就要从开普敦回来了，

她想跟他问早安，还要收拾好客房好让本住下来。圣诞节期间，本会一直待在萨沃博纳，因为本的印度妈妈和非洲爸爸去环游地中海了。本的爸爸妈妈原本想叫本一起去，但是本想在腾达伊手下当学徒，所以请求留下来提升一下他的丛林谋生技能。

鉴于上一个假期玛汀和本过得太惊心动魄了，他们在津巴布韦的荒野丛林里，从一群邪恶的狩猎人和一帮不顾一切的寻宝者手里救下了一头金钱豹，这次他们决定要在萨沃博纳享受一下假期的平和和愉悦。

当玛汀正准备锁上保护区大门的时候，那辆长长的黑色小轿车忽然发动起来，全速在车道上掉头，差点撞翻一个花盆。让玛汀感到不可思议的是，一直把礼貌视作第一美德，总是坚持要把每一个客人送到车边，然后挥手作别目送客人离开的外祖母，在这个时候却不见了踪影。一种不祥的预感在玛汀的心底滋生。

玛汀急匆匆地穿越枇果树林奔向屋子，就在此时，腾达伊的吉普车飞奔而来驶进院子，本就坐在副驾驶座上。一看见玛汀，本咧嘴大笑起来，露出他那与焦蜜般的肤色形成鲜明的对比的雪白的牙齿。

"我在主路上就搭上了腾达伊的顺风车，"吉普车停下来的时候本解释说。他从破旧的车里跳下来，肩上挂着帆布背包，身着卡其色背心和迷彩裤，脚穿登山鞋。"这一路上，让我搭车的人看起来都不想把车开进来，生怕自己被狮子吃了。"

换作平常，玛汀定会说笑起来，但此时，她还在努力适应屋子里反常的安静。每天八点，外祖母格温·托马斯通常都会在厨房的桌边一边喝着茶、吃着涂满醋栗果酱的吐司，一边听着新闻广播和天气预报。她本来还计划着烤些司康饼欢迎本。

"小姑娘，你外祖母在哪儿呢？"腾达伊问道，"我一直打她的座机和手机，想问交货的事，但总是无人应答。"

玛汀盯着他说："腾达伊，好像有点不对劲，有个奇怪的男人来找外祖母，结果现在出了状况。我就知道一定有问题。"

"什么奇怪的人？"本一边问，一边把他的帆布包丢在草坪上。

腾达伊皱起眉头问："你说的是开着黑色小轿车的那个男人

吗？他刚刚差点把我们挤出马路。"

玛汀和本跟着腾达伊一起朝里屋走去。玛汀有点自责，为什么当时没有坚持跟那个男人一起到里屋去，要是外祖母出了什么问题……

沃里奥——外祖母那只毛色黑白相间的猫，正坐在门前晒着太阳，尾巴在空气里扫着，毛都竖了起来，看起来有点暴躁。腾达伊从猫身边经过，走进了客厅。"托马斯夫人？"他喊着，"托马斯夫人，你还好吗？"

"外祖母！"玛汀大声喊着。

"别喊了，"格温·托马斯有点压抑的声音回荡在走廊里，"我在书房呢。"

玛汀飞奔过走廊敲开书房的门，看到外祖母正驼着背坐在书桌前，她的脸色如同她手上拿着的白纸一样惨白。外祖母抬起头来，玛汀震惊地发现她蓝色的眼睛红了，好像刚刚哭过。

"进来吧，玛汀，腾达伊，"外祖母说，"还有你，本，你们都是家里的一员。"

"那个奇怪的男人做了什么吓到你了，是不是，外祖母？我一看到他就知道他不是什么好人。"

"玛汀，我告诉过你多少次了，不要根据你的直觉来判断一个人。"格

温·托马斯严厉地责备道，手里紧紧地攥着文件，"但是这次，恐怕你的判断是对的。"

外祖母停下来，若有所思地凝视着窗外，仿佛是想把跳羚羊和斑马在小池塘边吃草的景象刻在脑子里。"真希望我永远都不要和你们说接下来的一番话。"

"不管发生了什么，肯定都会没事的，托马斯夫人。"腾达伊安慰道。

玛汀根本无法确定一切都会没事。她说："外祖母，你吓到我们了，到底发生了什么？那个男人是谁？"

外祖母转过身来，面对着他们，回答说："他叫鲁宾·詹姆斯，是我丈夫生前生意上的合作伙伴，我依稀记得就见过他一次，但第一眼就觉得他不可信，虽然我记得他和亨利合作完成的生意都挺顺利的。詹姆斯先生大部分时间都在纳米比亚或者其他国家，他声称自己也是最近才知道亨利在两年半前被偷猎的人谋杀了，于是他带着这个来见我。"

格温·托马斯举起一份文件，上面写着：*亨利·保罗·托马斯的遗嘱*。文件右上角有一个歪歪斜斜的火漆印，就像一道血光。玛汀凑近仔细看了看，认出那是英格兰汉普郡的卡特鲍律师事务所的标识。

腾达伊很是疑惑地问："那么，他跟这份私人文件有什么关系呢？"

"问的好，这也是我问他的第一个问题。他说三年前萨沃博纳曾经遭遇经济危机，亨利从他那里借了一大笔钱。亨利似乎答应了修改遗嘱，同意如果截至今年12月12日——也就是今天——那笔钱还没能还上，这个保护区以及这里的一切将自动转到鲁宾·詹姆斯的名下。"

"我的天呐！"腾达伊说着，一屁股跌坐在旁边的椅子里。

玛汀整个身子僵住了，外祖母的那句话就像一把火从她的大脑一直烧到心里：这个保护区以及这里的一切……这个保护区以及这里的一切。

本追问道："这是不是意味着，最初那份认定托马斯先生过世后外祖母你将继承萨沃博纳的遗嘱，现在一文不值了？"

外祖母点点头。"是的，因为那份遗嘱比詹姆斯先生提供的这份早了十年，甚至可能更久。但是，这还不是最糟糕的……"

玛汀倒抽了一口气，问道："还有更糟糕的？"

"恐怕是的，他已经对我们下了驱逐令，我们要在十三天内搬离萨沃博纳，要通知所有的员工，要跟所有的动物说再见。十三天后，萨沃博纳将不再是我们的了。"

3. 动物园计划

那场大火让人刻骨铭心，无论什么时候想起，玛汀都久久不能平静。正是那场大火夺走了玛汀父母的生命。在十一岁生日的晚上，她被可怕的烟雾呛醒，意识到家里着火了，而爸爸妈妈在那扇着了火的大门的另一边，很快她的房间变成了火海，睡衣差点从后背开始着火。她抽出床单拧成一根绳子，摇摇晃晃地爬下两层楼，然后掉在楼下的雪地上。

等她从侧门跑出来时，屋前的草坪上聚满了人。大家惊恐地倒抽了一口气，他们都以为玛汀已经死于那场大火，转身却看见她正从那堆燃烧着的废墟里跑过来，哭喊着要爸爸妈妈。邻居莫里森一把抓住她，他的妻子把哭着挣扎着的玛汀紧紧地抱在了怀里。

玛汀依然记得，大火蔓延的几个小时前，她还和爸爸妈妈在欢声笑语中享用了巧克力和杏仁煎饼的生日晚餐，而这一切现在永远消失了。

那是她的童年正式终结的时刻，她失去了她所爱的一切。

而现在，这一切又发生了。

第二天早上九点，推土机就到了萨沃博纳。它们沿着马路开过来，就像是一排黄色的毛毛虫，准备把挡道的一切都吞噬了。推土机就停在动物救护站的门外，车子哐啷哐啷的声音和引擎发出的咆哮声吓坏了这些无家可归的生病的动物，比鲁宾·詹姆斯的小轿车所造成的破坏还要严重一千倍。

格温·托马斯走出来，用让玛汀都感到惊讶的凶悍的措辞叫停车队，然而车队的驾驶员们并没有掉头逃跑。格温·托马斯站在第一辆推土机前，双手叉腰，就像一个抗议者直面一辆军用坦克。

"你们有没有想过你们到底在干什么，是到我的地盘上来惊吓那些已经饱受创伤的动物吗？"她强势地问道。

领队的驾驶员从推土机上爬下来，假惺惺地笑着说："女士，我只是照章办事。"

"如果你不立刻离开，那么你将会被送进监狱。限你三分钟内离开这里，否则我马上报警！"

"请自便。"那男人从口袋里掏出一张纸并打开，"这是法院的传票，上面写着允许我们在这里开展工作。我们理解你两周内无法从这里撤离的难处，但我们也需要开始为野生动物园的开园做准备了。"

"我不管你们是不是要为建一个温莎城堡做准备工作，"格温·托马斯大声痛斥道，"但是你们别想从这里移走一花一草——"

她停顿了一下，问道："不好意思，我想我可能听错了，你们要造什么？"

那男人把文件递了过去，格温·托马斯戴上眼镜。即使距离有点远，玛汀还是发现外祖母的肩膀僵住了。

外祖母的声音变得出奇的平静。"白色长颈鹿野生动物园？这就是你们打算在这里建造的？"

那男人脸上的笑意渐渐退去："我猜是的，这纸上是这么说的。"

"那么，"格温·托马斯说，"你们还是省省吧，这里不会有什么白色长颈鹿野生动物园，也不会有粉色大象、黑色犀牛或者其他任何你们想要的主题动物园。除非我死了，否则詹姆斯先生不可能得到萨沃博纳。"

"等一下，"推土机驾驶员反对说，"这种话对我说没什么意思，我只是在做我的工作。"

格温·托马斯把文件还给他，礼貌得近乎夸张："你确实是在工作，我是多么不可理喻，你只是在执行命令而已。那么，你一定不会介意我去风暴十字路口镇见我的律师的时候，我的管理员按照命令把保护区的大门打开，让狮子们在推土机边进行晨练吧？但愿狮子们已经吃过早饭了，它们最喜欢早上来点儿新鲜的嫩肉了……"

此时，一旁的玛汀已经听不下去了，从她得知萨沃博纳命运的那刻起，心里充斥着的不安、悲伤已经被纯粹的愤怒取代了。在詹姆斯先生那个把野生动物保护区变成动物园的宏伟计划里，杰米会成为一个展示品。它不但不再是她的灵魂伴侣，还会变成鲁宾·詹姆斯秀场上的明星。

在跟着外祖母回屋里的路上，玛汀一直默默地重复着外祖母的话："除非我死了，詹姆斯先生。"

4. 一把钥匙

三个小时后，格温·托马斯带着好消息和坏消息从风暴十字路口镇回来了。

"先告诉我们好消息吧！"玛汀说着，和本一起跟着外祖母进了书房。玛汀示意她的好朋友本坐在旁边的椅子上，她自己则坐到了一个文件柜上。

格温·托马斯拿起一份法律意见书说："要说好消息，可能就是这个了——这是一份禁令，在我们平安夜正式离开萨沃博纳之前，詹姆斯先生和他的车队都不得在这里放置一砖一瓦。坏消息就是，在这期间，无论他们何时想来保护区，我们都无法阻拦。出于有计划地接管保护区的需要，他们有权带建筑师、设计师、野生动物专家到这里来。"

"真蛮横。"玛汀说，她本来没想用这样的词，但感觉现在不用这个词都不足以表达内心的愤怒，"只要我们还在这里，就不可能让那个讨厌的男人来规划他那蠢极了的动物园，也不可能让他带人来戏弄我们的动物。他要是敢动杰米一根毫毛，我可能会忍不住使用暴力了，至少，我会泄他汽车轮胎的气。"

"玛汀！"格温·托马斯被吓到了，"我不允许你像小恶棍一样讲话。我不管你有多么不安，我知道你一想到要失去杰米，就会伤心欲绝，但这些真的都不是借口。"

外祖母站起身来走向窗边，说："你觉得我是什么感受？大半辈子以来，萨沃博纳一直是我的家，也一直是你妈妈的家，然后成为你的家。以前这里是你外祖父的梦想，后来我们相遇了，这里就变成了我们共同的梦想。而现在我不得不面对的现实是，我深爱的男人很可能背着我把这个梦想签字转让给了詹姆斯。"

外祖母转过身来，说："但是你知道吗？我不愿意相信这是事实。虽然你外祖父并不完美，但他是个值得尊敬的人。如果他真的签字转让了萨沃博纳，那也是出于最逼不得已的考量——也许是不想让我知道当时的经济状况有多糟糕。或者，也许他是被骗了，才修改了遗嘱。"

"不幸的是，现在说这些都没用了。不管他的意愿有多么高尚，他的所作所为可能马上就要让我无家可归、无工可做。这个太让我受伤了，真的太受伤了。除非有奇迹发生，否则两周以后，玛汀，你和我以及我们的猫都得打包行李搬去出租的公寓里。"

玛汀试图想象她的外祖母——一个热爱大自然胜于生命本身的人——搬进一个远离萨沃博纳的狭小的城市公寓里的画面。她感到自己太自私了，沉湎于一年内要再度失去家园以及几乎一切深爱之物的悲痛中，却忘了这对于外祖母来说比她悲痛千万倍。

"我们不能放弃，"玛汀说，"我们一定可以做些什么。法官会明白保护区里有很多动物像杰米一样是孤儿，它们过着糟糕的生活，需要我们去保护和爱护。"

外祖母露出难以掩饰的痛苦表情，说道："但不幸的是，但凡涉及财产，法官一般只认白纸黑字。我曾经多么希望詹姆斯那份遗嘱上的签名是假的，但是我的律师请笔迹鉴定专家鉴定了，证实是真的。"

腾达伊来了，格温·托马斯让他进了门，悲伤的脸上挤出了一丝笑容，继续说道："恐怕我们什么也做不了。"

玛汀看着本，本的表情一如以往他俩陷入困境时的表情。她看得出来本正试图找出解决方法。

本说："如果还有一份遗嘱——署名日期比詹姆斯那份遗嘱更晚——说把萨沃博纳留给外祖母，这样可以改变一切吗？"

格温·托马斯点点头说："是的，可以。但是如果有这样一份遗嘱，亨利会告诉我的，或者在……在他过世后我整理他的文件时也应该已经发现了。"

房间内一片沉默。很显然，大家都清楚，如果亨利没有跟外祖母说起过詹姆斯的那份遗嘱，那么他也不会把其他事情告诉外祖母。

玛汀回想起了她那从未谋面的外祖父，他就是为了从偷猎者手里拯救白色长颈鹿的爸爸妈妈而被杀害的，留下独自伤心、曾陪伴了他四十二年的外祖母。想到这里，她坚定地又说了一遍："我们不能放弃，我们要反抗。"

"我同意，"外祖母说，"但是我还没有头绪，究竟我们还能做些什么。"

腾达伊建议道："需要我把关于萨沃博纳的消息告诉所有的工作人员吗？"

"谢谢你，腾达伊。我无法去面对这件事，如果你愿意代劳，那就帮了我大忙了。"外祖母说。

"在托马斯先生遇难前的几周里，他有没有说过什么不寻常的话，或者做了什么特别的事？"本问道，"他有没有表现得很焦虑？"

"恰恰相反，"格温·托马斯告诉本，"他看上去比从前更开心，对于保护区的未来无比兴奋，也一直在为所有的项目四处奔波。就在他过世前几周，他甚至还去英格兰参加了一个会议。"

她突然用力拍着桌子说："对了，就是这个，是不是？旅途中会不会发生了什么？我知道他本来打算去见你的爸爸妈妈，玛汀，但是我真不记得他去那儿做了什么事了。"

"他具体是什么时候去的？"玛汀问，"也许你可以查一下詹姆斯那份遗嘱上的日期，看看这两件事发生的时间是不是一致。"

"我记得当时我们这里是冬天，"外祖母说，"但是我得看看他的旧护照来确定具体日期，我应该还留着。"

她打开书桌右手边的最后一个抽屉，翻了翻文件夹，但是护照并不在里面，于是她又关上了抽屉。大概是抽屉没有关好，外祖母有点烦躁，再一次把抽屉打开，然后伸进手去摸了摸，说："有东西卡住了。"

她从抽屉里扯出一堆皱巴巴的撕成碎片的纸，还有一个硬硬的蓝色信封，边缘有一点破损。信封正面用醒目的深蓝色墨水写着"格温"两个字。

玛汀还没来得及问外祖母是不是需要帮忙念这封信的时候，外祖母已经撕开了信封。很快，她看完了里面的内容，并把信传给在座的每一个人。

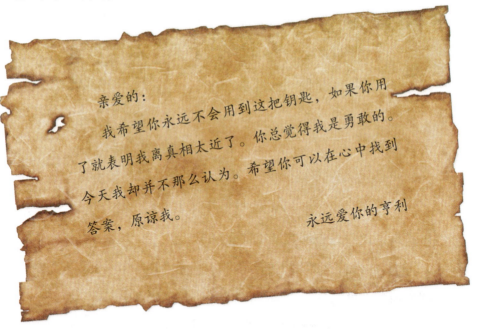

亲爱的：

我希望你永远不会用到这把钥匙，如果你用了就表明我离真相太近了。你总觉得我是勇敢的。今天我却并不那么认为。希望你可以在心中找到答案，原谅我。

永远爱你的亨利

看完信后，大家久久不能言语，也不知道该说些什么，这种感觉就像是过世了的亨利·托马斯又重新开了口。最后，玛汀鼓起勇气问："这钥匙是做什么用的？"

23

外祖母把钥匙从信封里取出来，仔细察看了用绳子绑在钥匙上的名片。

"这似乎是英格兰一个银行金库保险箱的钥匙。"她瘫在椅子里自言自语，"这都意味着什么呢？到底是什么需要我原谅？"

"也许您是对的，"本说道，"也许托马斯先生去英格兰的旅途中确实发生了些什么。"

"也许吧，但这是他的秘密，就算有的话，也已经随他一起进了坟墓。"

"未必，"玛汀插话道，"如果您去一趟英格兰，也许就能在那个保险箱里找到答案。您可以调查一下外祖父在那里做了什么，见了什么人。"

外祖母吃惊地说："我不可能把你独自留在家里，自己横跨半个地球去英格兰，尤其是现在，萨沃博纳到处都是陌生人。而且我也不会把腾达伊留下独自面对保护区的困境，谁知道詹姆斯心里藏着多少丧心病狂的计划。"

"玛汀不会一个人的，"本告诉外祖母，"我会在这里保护她。"

格温·托马斯尽管很悲伤，但还是挤出一个微笑说："那么谁来保护你呢，本·库马洛？"

"为什么我们不给格蕾丝打个电话，问问她是不是可以过来住一两周？"玛汀提议说，"这样我和本就不会孤单了，腾达伊也有人来帮忙了。要是敢惹格蕾丝，鲁宾·詹姆斯可能会搭上他的命。"

"格蕾丝可一直远在夸祖鲁－纳塔尔省看望亲戚呢。"外祖母提醒玛汀。

"是的，但是格蕾丝几天后就会回来。"腾达伊指出，"在她回来之前，我可以请我们的新警卫托拜尔斯晚上来保护他们。"

"真不敢相信我们已经在讨论这些事情了，"格温·托马斯说，"如果这一切都是徒劳呢？如果我花了我们仅有的这一笔钱飞越千万里，到头来却没有任何有价值的发现呢？如果这张纸只是亨利在向詹姆斯借钱后觉得内疚的时候写的呢？"

"那么至少您已经尽力了，"玛汀告诉她，"就算没有任何发现，您也已经尽了您最大的努力来保住萨沃博纳了。"

然而，就算玛汀嘴上这样说着，身子却因为内心的愤怒和恐惧而止不住地瑟瑟发抖。"也许那并不是一个好主意，"玛汀开始反悔了，"英格兰太远了，我们会想您的。"

"不，我觉得你最开始说的是对的，玛汀，"外祖母说，"我应该去英格兰，不然我的余生都会在后悔中度过。如果去英格兰意味着有保住萨沃博纳的希望，那么我就该去。"

5. 生病的野牛

格温·托马斯离开后的这个早晨，萨姆森——一个上了年纪的警卫在保护区巡逻时，发现了一头疑似患了病毒性疾病的野牛。这头野牛急需治疗，不然可能会死。早上六点，他用无线电发回了这个消息。

玛汀一听到腾达伊激烈的反应声，马上下楼去了。此时，本已经冲过澡，正坐在桌前喝着咖啡，吃着鳀鱼烤面包。而玛汀不是能起早的人，此刻她还穿着睡衣，睡眼惺忪，头发也乱糟糟的。相比之下，本看上去既冷静又警醒，已经做好了充分准备来面对今天可能会发生的所有事情。

"在北部边界附近有一头野牛病了，"本告诉玛汀，"你要和我们一起去吗？我们可能需要你的帮助。"

瞬间，肾上腺素涌了上来，没有什么能比有动物生病了的消息更快地让玛汀清醒过来了。她完全无视本的抗议，喝了几口本的咖啡，还吃了他最后的一点吐司。"等我一分钟。"话音刚落，她就冲上楼拿上不管去哪儿都会随身带着的救生包，穿上牛仔裤、蓝色运动衫，然后火速冲了出去。

事实证明，她那么着急是完全没有必要的。腾达伊和本并没有闲晃着等她，而是在吉普车的引擎盖下盯着火花塞和喷油器争论不休。

"自从二十年前我来这里为你外祖父工作的时候起，这个老家伙就一直在奔波，尽管修理了很多次，但是一直都很可靠。"腾达伊告诉玛汀，"昨晚它还好好的，我想不通为什么今天早上它就罢工了。"

正当他们测试电池电压的时候，鲁宾·詹姆斯坐着一辆新得耀眼的敞篷路虎车咆哮而来，车子开进了院子里。

"真会挑时候！"本嘴里咕哝着。

鲁宾·詹姆斯从车里走下来，穿着干净利落的白色衬衣和剪裁讲究的卡其色裤子，秃头闪闪发亮，看起来就像是已经赢得了这个野生动物保护区。"天堂里也会有烦恼？"他一边问道，一边悠闲地走向玛汀他们。

他向腾达伊伸出手说："我是鲁宾·詹姆斯，你一定是萨沃博纳那个有名的管理员吧？几年前我跟亨利有生意往来的时候，就听说过你的名字，但是当时你不在，如果我没有搞错的话，你当时是一个追踪者，对吗？"

还没等腾达伊回答，他就故意转过身，微笑着对玛汀说："我们又见面了。"

玛汀真希望手边有个臭鸡蛋，她就不信詹姆斯被臭鸡蛋砸在脸上之后还能保持那一脸的傲慢自得。"真倒霉！"她说。

"倒霉？"鲁宾·詹姆斯大笑起来，"过来，玛汀，我想我们一定会成为最好的朋友。"

腾达伊被玛汀的粗鲁吓到了，因而更努力地想要保持礼貌。"是的，先生，我是这里的管理员。我的吉普车发动不了了，而汽车修理站八点才开门，本来我可以等到那个时间给他们打电话，只是我们马上要赶去救一头生病的野牛。"

"生病的野牛？"詹姆斯向他那金色的路虎车挥了挥手，说，"那请用我的车吧。"

大家都瞪着惊讶的眼睛看着他，玛汀不知道詹姆斯葫芦里卖的是什么药。

"呃，谢谢你的好意，詹姆斯先生。"腾达伊接话道，"但是没有这个必要了，我有朋友，打个电话就可以应急。"

但詹姆斯像是没有听到腾达伊说的话："就用我的车吧，我会觉得很荣幸的，我的司机也会很乐意护送你们。鲁克，把这些好心人带去保护区找到那头生病了的野牛，他们需要多少时间就用多少时间，我还有一些文书工作要处理，你们回来之前我都会很忙的。"

他又转头看了看那辆熄火的吉普车："如果你们同意的话，我会让我的修理师检查下你们这辆车的引擎。"

在大家还没来得及提出反对意见时，詹姆斯就把他们赶进了那辆内饰还透着一股子皮革味的路虎车，并亲自为他们每一个人关上了门，就好像司机不是鲁克，而是他。

车子驶出院子的时候，坐在后座上的玛汀和本回头看了一眼。詹姆斯正站在车道上向他们挥手，就像外祖母往常做的一样。

这一行为惹怒了玛汀。就好像詹姆斯已经赢得了比赛一样，就好像他已经搬进了玛汀家，就好像在他扔下这个爆炸性新闻后的两天，他俨然已经成了萨沃博纳的主人。

耳边还有一个小小的声音在说：他也是杰米的主人。

车子一离开詹姆斯的视线范围，司机阿谀逢迎的笑容立刻从脸上溜走了，就像月亮躲到了云层后面。他开着车，陷入阴郁的沉默。腾达伊问他关于路虎车的问题时，他也是假装不懂。

车子疾驰过萨沃博纳郁郁葱葱的绿金色平原，经过一片湖和一处高耸的悬崖。当他们越来越靠近那片藏着神秘谷的山脉时，玛汀心里感到一阵剧痛。她已经好几个月没有去白色长颈鹿的特别保护区了。山谷里有一个洞穴，只有她和格蕾丝知道，当然还有用神秘的图案在墙上记录生活的圣布须曼族的先祖们。

玛汀甚至完全无法理解为什么她的部分命运会被先祖们所预知。她永远也无法知道那被大家称作"记忆空间"的山洞里，那些预示着命运的壁画是好是坏，等她知道时会不会已经太晚了。或许那时她已经掉进了满是鲨鱼的海里，或者是和一头受伤的豹子一同被困在山洞里。

"只有时间和经历才会赋予你看清未来的眼。"格蕾丝喜欢这么说。

曾经，玛汀抱怨过不公平，如果无法利用写在洞穴里的自己的命运来让现世的自己避免不幸的降临，那有什么意义呢。格蕾丝却告诉她这正是意义的所在。如果人们可以看清自己的未来，他们只会选择保留那些美好的时刻。"那么你将永远无法学习和经历那些重要的东西，因为通常这些让人们觉得艰难的事才是最重要的。"

大部分时候，玛汀同意格蕾丝的观点。她的那些最痛苦的经历，很多都直接或者间接地变成了她生命中最特别的时刻。但即使是这样，格蕾丝也承认，失去杰米和其他任何一只玛汀在萨沃博纳深爱的动物都不是她生命中必要的经历。因为这不可能带来任何好处。

车子经过白色长颈鹿保护区的时候，玛汀偷偷瞄了一眼作为入口处标志的那棵奇形怪状的树。她计划在不久后的晚上溜出保护区，去记忆空间看看圣布须曼族人对詹姆斯想要夺走萨沃博纳有什么看法。还有不到一个月，她就要十二岁了，那么到目前为止，她一定已经拥有足够的时间和经历可以读懂墙上那些关于她自己未来的东西了吧？

路虎车放慢了速度，萨姆森从一棵树后走出来。

"鲁克，请停在那边吧。"腾达伊一边说，一边指着一处布满车轮印迹的空地边缘。司机发出了带着牢骚的咕哝声。

"为了你自己的安全，你应该留在车里。"腾达伊警示他说，"如果你被抓伤了，就算你老板没有因为你被动物抓伤而起诉我们，我们和他之间的麻烦也已经够多了。"

鲁克好像没有听到似的，他打开车门跳下车，倚在路虎车上，点了根烟。

腾达伊迎向玛汀的目光，他耸了耸肩，带上兽医应急箱爬出车子，用祖鲁语和萨姆森交流起来。萨姆森是一个瘦骨嶙峋的干瘪的老头，玛汀确信他至少有一百岁了。当玛汀和本慢慢走近小树林的时候，腾达伊停下来跟他们说了句"小心"。

"我们会的。"玛汀向他保证。在非洲，野牛与狮子、豹子、大象、犀牛并列为五大最危险的动物。因为野牛和那些有着弯弯牛角的帅气的黑色奶牛看起来很像，游客有时候就会愚蠢地认为，那些野牛会变得多么凶残的说法都是小题大做。但那些这样认为的游客很少有能活下来讲这个故事的。

不过，现在这头生病了的野牛对任何人来说，已经没有了危险性。这是一头年轻的小公牛，很可能是因为搏斗失败被家族驱逐了，而且已经失去了战斗力。它侧躺着，因为发烧，泪汪汪的双眼中充满惊慌和恐惧。他们仔细检查它的时候，它深深地喘着气息，好像生命就要从身体里溜走了。

玛汀的双眼里充满了泪水，她无法看到任何动物受苦。

"快，腾达伊，"她叫喊着，但是腾达伊和萨姆森好像因为香烟的事正和司机争吵。原来司机不但拒绝掐掉烟头，还转身把烟头扔了出去，激起了一片火星，空地边干燥的灌木丛立刻燃烧起来，冒起浓烟。萨姆森立即脱下衬衫扑打着灌木丛，腾达伊一边冲到路虎车里取水，一边回头对鲁克吼着。

玛汀让野牛的嘴唇重新柔软起来，这头小公牛的牙龈几乎完全发白，毫无疑问，它快要死了。

"玛汀，"本催促着她，"你得做些什么。"本和腾达伊、格温·托马斯一样，都知道玛汀有一种跟动物相关的天赋，腾达伊和外祖母并不确定那意味着什么，但本知道玛汀有一个救生包，里面装满了各种特制的药，玛汀会进入一种恍惚的状态，这可以让她知道如何使用那些药。"如果能行，我不会偷看的。"

本正想回避，玛汀叫住了他。"等等，"她说，"我需要你把手放在它的胸口。"

玛汀从袋子里拿出一个小瓶子。刚打开瓶盖，一股恶心的气味立刻弥漫在空气里，闻起来像是青蛙的黏液，又像是发了霉的充满汗臭味的袜子，本忍不住咳嗽起来。

"这是什么东西？"他捂住鼻子问道，"我要你救野牛，而不是熏晕它。"

玛汀没有理会他，而是把绿色的液体倒进了野牛的嘴里。野牛慢慢地苏醒了过来，有了打喷嚏的力气，发出了扑哧扑哧的声音，可是看起来比之前更沮丧。玛汀温柔地把手放在它的头上，抚摸着它湿润的鼻子、粗糙又尖利的牛角，还有下巴和脖子周围又厚又硬的骨头和肌肉。她闭上了眼睛。

时间一分一秒地过去了。玛汀说不上来经过了两秒钟还是两小时，她的手心开始发热，热得她觉得几乎要冒烟。她听到先祖的声音在脑海中回荡，给她以指引，他们击鼓的韵律在她的胸口回响，她看到一大群长颈鹿，一大群腰缠布带、手拿长矛的人……

"玛汀，小心！"

野牛突然站了起来，摆动着牛角。玛汀看着它，觉得头昏眼花。腾达伊拿着步枪从路虎车里冲了过来，本冒着巨大的危险站到玛汀跟前护着她。

但是，最终不管是步枪还是本的英雄救美都没有派上用场。野牛摇了摇头清醒了一下，鼻子里发出巨大的喘息声，然后小步跑进了树林。

腾达伊跑过来拥抱他俩，安慰道："我告诉过你们要小心，野牛太让人无法预料了。这头牛甚至把萨姆森都给骗了，萨姆森还以为它就要死了，他可是这方面的专家呢。下次必须跟我在一起。"

"我们会的，但是我觉得它并没有想要伤害我们。"玛汀说。

　　玛汀没有直视本的眼睛，但她用眼角的余光瞥见他很恍惚。她正想说些什么把本从他刚刚看到的一幕中拉回来，这个时候司机溜达过来了。

　　"鲁克，我告诉过你，为了你自己的安全请待在车里。"腾达伊烦躁地说。

　　司机愤怒地瞪了他一眼，说："我并不需要听从你的命令。"

　　腾达伊转了转眼珠说："这并不是命令，只是为了你自己的安全。我本来以为只需要保护你免受动物伤害，但是你却差点引发了一场火灾。"

　　鲁克没有回答，他盯着腾达伊肩膀后面看，表情怪异又僵硬。"大象！"他沙哑地嘀咕着，"发疯的大象！"

　　"那不是大象。"腾达伊有些恼火，他开始对眼前这个男人发起脾气，"那是野牛，它也根本没有疯，只是可能有些不舒服。"

　　"腾达伊，"本压低了声音说，"他说对了。"

　　一头像面包树那么巨大的母象，站在树林的阴影里，挑衅地扇动着它的大耳朵，发出震耳欲聋的吼声。很明显，它马上就要冲过来了。

　　鲁克抓起腾达伊的步枪。

　　"你疯了吗？"腾达伊喊道，想把枪夺回来，"你想让大家都死吗？这不是用来对付大象的枪，这种枪的子弹对它而言就像被蜜蜂蜇了一下，但是这会让它非常非常生气。"

　　鲁克根本不听劝告，举起枪准备瞄准。

腾达伊狠狠地抓住他的手腕，疼得鲁克龇牙咧嘴并扔掉了枪。"别想再用枪，否则我会亲自用枪杀了你。我们一起慢慢朝车那边走过去。如果它冲过来，我们就跑，但注意一定要呈'之'字形跑，这样就能迷惑它。准备好了吗？我们走！"

他们才走了几步，鲁克就开始惊慌失措，全速冲向路虎车。玛汀只见过大象在水洼边笨拙地走动，或是慵懒地散步，走路都还略显不稳，然而现在，她却惊恐地看到这头母象像出膛的子弹从树后飞奔过来，就像赛马越栏而出猛追司机，很快他们之间的距离越来越近了。看起来在鲁克逃到车里之前，他一定会被大象踩死的，而且他彻底忘记了要呈"之"字形跑。

腾达伊揽住本和玛汀，他们三个惊恐地看着这一幕。"鲁克，快脱下夹克，"腾达伊大喊，"脱下夹克，然后丢到地上！"

大象径直奔向鲁克，它硕大无比的双脚撕裂着土地。用不了几秒钟，鲁克就会被踩得血肉模糊。

"你的夹克，"腾达伊尖叫起来，"脱下你的夹克！"

不知怎的，司机吓蒙了的大脑终于接收到了腾达伊的话。他扒下自己的夹克一边跑一边甩在地上。大象疑惑地停了下来，它看看鲁克，又看看地上那件皱巴巴的红色夹克。在那一瞬间，它似乎决定继续追赶，但是当萨姆森发动汽车的时候，它又决定改为攻击那件衣服了。这对它来说容易多了。尘土飞扬中，它把衣服砸向地面，使劲踩，再抛向空中，落地之后继续踩。

鲁克逃进汽车里，躲在里面抽泣起来。他一坐稳，萨姆森就赶紧踩上油门，加速赶去接腾达伊、玛汀和本。三人迅速爬进车子，用力关上车门。就在萨姆森加速驶离这头发狂的大象、加大油门驶上回家的路的时候，玛汀听到了大象愤怒的吼声。

6. 安吉尔

回家的路上没人说话。鲁克忙着哭，其他人则惊魂未定。他们都知道能活下来实在太幸运了。

玛汀当然也知道这一点，但是她现在考虑的还不是这个，她在回忆大象的眼睛。在萨沃博纳的这些日子里，她曾经跟几头成年大象走得很近，并和一头名叫恰卡的没有父母的小象很亲密。它们褐色的眼睛里透出的智慧和善良让她印象深刻。但是唯独这头攻击鲁克的大象，它的眼睛里看不到智慧和善良，取而代之的是无法遏制的仇恨，似乎它的脑子里只有一个想法，那就是像践踏、撕碎夹克一样，也把鲁克踏死、撕成碎片。

快要到家的时候，鲁克恢复了镇定，萨姆森把车停在门外递给他车钥匙的时候，鲁克已经彻底缓过神来。他恶狠狠地看了腾达伊一眼，然后坐到驾驶座上，什么话也没说。很显然，他觉得腾达伊要对他所受的折磨负责。

一直等到鲁克把车开走，腾达伊才开口说道："我想我们都需要来杯茶。"

　　十分钟后，大家坐在厨房里喝着热气腾腾的路易波士茶（一种南非红灌木茶），吃着牛奶蛋挞，感觉好多了。

　　"我实在不理解，"腾达伊说，"自从三年前它来到这里，我几乎天天看到它，它是所有动物中最害羞最胆小的。大象是群居动物，大家庭对它们来说非常重要。但是安吉尔——因为它是大象群里最温柔的一个，所以我给它取了这个名字——它总是独来独往，也一直很害怕人类。然而今天，它表现得就像一头暴躁的公象。真不敢想象如果鲁克没有把夹克扔到地上会发生什么。"

　　"那就是安吉尔吗？"玛汀吃惊地问道。刚刚发生的事太过混乱，她根本无暇思考是哪头大象发动了进攻。

　　萨沃博纳一共有十三头大象。有一些是从赞比亚保护区用轮船装运来的，因为那里的大象太多了；有一些是盗猎中存活下来的孤儿；还有一些是玛汀的外祖父母买来平衡象群的性别的。玛汀不知道所有大象的故事，也无法识别每一头大象，但是除了两头——一头是小象恰卡，她给它喂了几个月的牛奶，还有一头就是安吉尔了。安吉尔不是普通的非洲象，它是从跟南非接壤的纳米比亚来的沙漠象。

　　对玛汀来说，安吉尔具有特别的意义是有原因的。据当地族人说，在白色长颈鹿杰米出生的几个小时后，它父母被杀害的时候，是安吉尔拯救了它。安吉尔帮助杰米逃跑了，又把它带到了神秘谷里的特别保护区。当时安吉尔自己的宝宝才出生几天，所以它在同情这只极度悲伤又不知所措的小长颈鹿之余，还喂养了它——这件事情让玛汀感到极其不寻常。它们俩对彼此而言都是巨大的安慰。从某种意义上说，安吉尔是杰米的养母。

有好几次骑着杰米的时候，玛汀感觉伸手就能触碰到安吉尔。就像腾达伊说的，玛汀一直觉得安吉尔非常害羞。它总是独来独往，也许它在象群中并不受欢迎，也许是它不想和其他大象在一起。它唯一的朋友就是杰米。然而杰米渐渐长大后，安吉尔甚至跟它也保持了距离，或许这样一来就没人会知道它们之间的关系了。但是今天，玛汀眼里天使般的安吉尔却毫无缘由地攻击了他们。

"这就是我一直告诉你们不要去招惹野生动物的原因，"腾达伊说，"它们像风一样，说变就变。大家千万不要放松警惕。"

"动物们就是一个谜，"萨姆森表示同意，"但是，我以我九个孩子的性命发誓，那头野牛真的是快要死了，像是感染了某种病毒。我确信今天早晨给你们发消息的时候，它已经奄奄一息了，但不知怎么搞的，它忽然就跳起来了，像小牛一样跑了起来！"

腾达伊大笑着说:"老家伙,你的眼神不行啦。我猜你是一个人在森林里生活太久了,你的想象力欺骗了你。"

腾达伊站起身来,把椅子推回原位,戴上绑带是用斑马皮做成的帽子。"我得走啦,詹姆斯的人应该已经把吉普车修好了,"他偷偷看了一眼萨姆森,又说道,"我们这里有些人还有工作要做。"

"你把你所做的称为工作?"萨姆森反驳道,"你明明一直在游猎吧!"这两人互相打趣着走出屋子。

等他们离开后,本目不转睛地盯着玛汀问:"在保护区的时候,那头野牛到底怎么了?我的意思是,你是怎么治好它的?"

玛汀迎上了本询问的眼神,说:"是格蕾丝的药治好它的,不是我。是那草药创造了奇迹。"

本接受玛汀的回答,不再追问,因为他意识到有些事还是不说开比较好。

"我不知道你当时是怎么想的,但是大象冲过来的时候,我真的害怕极了。"玛汀很感激本没有刨根问底,继续说道,"为什么安吉尔会突然攻击我们呢?"

"它可能是看见了什么,或是闻到了什么气味,所以才发怒的吧。"

"也许是的。腾达伊说大象的记忆力很好。还有研究结果表明,大象可以通过人们的衣着或是气味来辨别他们是否来自不同的种族。难道它是看见了什么或是闻到了什么吗?"

"或者是看到了什么人?"本补充道。

玛汀盯着他问："什么意思？"

"可能，我是说可能它是冲着我们中的某个人来的。"

"这是为什么呀？我们对它从来都只有爱，并没有伤害它呀。"玛汀刚刚说完，就回想起了安吉尔撕碎鲁克的夹克时眼里流露出来的愤怒。

院子里，腾达伊的吉普车的马达声又响起来了。玛汀从凳子上一跃而起，冲到门口大声问道："喂，腾达伊，安吉尔是从哪里来的？我记得它是一头沙漠象，那它怎么会出现在萨沃博纳呢？"

腾达伊挂好挡，看起来一脸吃惊的样子："我以为你知道，安吉尔是鲁宾·詹姆斯送给你外祖父的。"

7. 预言

"要不要搭我这个老女人一程呀？"玛汀几乎被吓了一大跳。有谁会在凌晨三点，像这个女人一样，操着非洲加勒比口音，又带着浓烈的火药味儿，穿着奢华地突然出现在保护区。

其实，玛汀一般是不会在这个时间来到保护区的。往常，她都是在晚上九点上床，先睡上两个小时，然后在十一点前往神秘谷，但是今天她睡过头了。在是否起床这个问题上，玛汀着实挣扎了很久，最终她还是把自己从床上拽了起来。但当她进入保护区后，她感觉良心受到了谴责，并不是因为睡过头，而是因为她没有听外祖母的话。正常情况下，天黑之后她是不被允许骑杰米出来的。但是玛汀安慰自己说，现在，才不是正常的情况。

"格蕾丝！"玛汀从惊吓中恢复过来，大声喊道。当格蕾丝从灌木丛中跳出来的时候，被拴在一定距离之外的杰米慢慢向她们靠近了过来。这个祖鲁女人伸出双臂，玛汀跑过去紧紧地抱住了她。

"看到你好开心，夸祖鲁－纳塔尔怎么样？腾达伊告诉过你这里的处境吗？真像是做了场噩梦。有一个商人说我外祖父没有还清债务，萨沃博纳马上就要被他接管了，我们得在平安夜离开这里，还有杰米……"

"放松一下，小辣椒，等会儿我们会有时间说那些，"格蕾丝打断了玛汀的话，"但是现在，我们必须赶紧去神秘谷了。"

格蕾丝一手撑着她那丰满的臀部，看着杰米白色的背脊说："那么，现在我这个上了年纪的女人该怎么爬上杰米的背呢？"

玛汀一时竟无言以对，心里嘀咕着：吃了那么多甜点，长得那么胖，还想要爬上杰米的背，这难度也太大了，而且这可能对白色长颈鹿的背造成无法挽回的伤害。但是玛汀又不能这么说，因为这会伤害她的朋友。

幸运的是，也许也是不幸，这个决定不用她来做了。平时非常害怕生人的杰米居然发出了韵律般讨好的叫声，然后趴倒在地上。就在这个时候，格蕾丝女王般飞快地跨上了杰米的背，轻松得像是坐在一个舒服的扶手椅上。她把手伸向玛汀："小辣椒，你要一起来吗？"

玛汀做不到拒绝格蕾丝的邀请，因为那是嫌弃她的体型，所以玛汀跳上了杰米的背，抓住了一小撮鬃毛，心里默默地对杰米和长颈鹿神明表示了歉意。

杰米趔趄着站了起来，格蕾丝紧紧抓住玛汀，然后开始用祖鲁话喋喋不休起来。她不是在发誓就是在祷告，玛汀不太确定她在说什么。终于，她们启程了，杰米缓慢地走动起来。

玛汀进入神秘谷的时候通常会咬紧牙关，屏住呼吸，用尽全力死死抓住杰米的鬃毛和背。杰米则身体略倾，全速冲向山谷前那棵扭曲的树，和那片把水沟隐藏在岩石间的面纱般带刺的葡匐植物。格蕾丝的重量不可避免地压低了杰米的身体，所以当格蕾丝和玛汀以一种不太雅观的姿势穿过那片大树下的灌木时，杰米则以一种更加优雅的姿态通过了。

"亲爱的，你要尽快长大，尽早拿到驾照，越早越好。"格蕾丝一边说着一边把她头巾上的树叶、青苔和荆棘拿掉，"骑长颈鹿真是太不靠谱了。我得有好几天走路都并不拢腿。走这种路进来还没有被撕成碎片真是一个奇迹啊！"

"我不知道还有其他路。"玛汀打开手电筒，照了照山谷四周，这是一片被夹在两座倾斜的山体中间的空地，空气中弥漫着兰花香。再抬头一看，矩形的蓝黑色天空中，群星闪耀。"你通常是怎么来这里的？"

格蕾丝露出神秘的笑容，说道："我有我的路。小辣椒，你有你的路。"

不管多久来看一次，记忆空间对玛汀而言始终充满魔力。这里稠密的空气就如同大教堂里充满乳香味又装载着满满的历史，瞬间把玛汀带回到了圣布须曼族在花岗岩墙壁上所记录的生活的时代。遍布整个洞穴的壁画里，野生动物和拿着长矛或狮子头的人们在洞口炽烈阳光下的树荫里互相追逐着。

玛汀和格蕾丝坐在一块低矮扁平的岩石形成的天然长凳上。虽然没有听见任何声响，玛汀还是感觉到了她在津巴布韦救下的那头名叫可汗的豹子，正偷偷地从背后靠近她们。她的脑海里浮现出这样一幅画面，可汗像狮身人面像一样躺在她们身后的岩石上，它金色的皮毛连同黑玛瑙色的花纹一起，在手电筒发出的光亮里熠熠生辉。她知道可汗会用充满爱意又带着困惑的表情注视着她，困惑是因为它对玛汀的感情违背了它作为食肉动物猎杀的天性。

另一方面，玛汀只是很单纯地爱着它。

她的眼里充满了泪水，不久之后这一切都会从她身边被夺走。值得欣慰的是，她知道鲁宾·詹姆斯不可能发现这个地方，但是这仅存的一点欣慰很快又被不久后就要离开可汗和杰米的苦恼抵消了。更糟糕的是，她恐怕就要和这些把她的命运写在洞穴墙壁上的祖先们失去联系了。

格蕾丝递给她一张纸巾，说："把来龙去脉都告诉我吧，从头开始，别落了任何细节。"

对着面前这个被她当作良师益友和大地母亲的女人，玛汀开始讲述她所知道的一切，关于她和鲁宾·詹姆斯的第一次不愉快的见面、亨利·托马斯外祖父的债务和他被修改了的遗嘱、安吉尔袭击了司机的故事、外祖父请求外祖母原谅的信，以及外祖母飞去英格兰的事。

"所以你看，格蕾丝，我等不到长大后也等不到积攒足够的经验来读懂墙上的那些画了。我现在就需要一个答案，就今晚！我们还剩下十天时间去保住萨沃博纳。十天后，我们将会失去所爱的一切了。"

格蕾丝并不着急回答。两人陷入了无限的沉默，玛汀已经到了精神崩溃的边缘，甚至不耐烦地想要尖叫。终于，格蕾丝从石头凳上站起来，走向看起来像是有个污点的墙边，盯着那儿看了很长时间。玛汀走到格蕾丝边上，也跟着研究起来。

"你应该看不出来这个有任何意义吧？"玛汀说，"可能只是涂料溢了出来或者作画的人犯了个错误。"

格蕾丝摇了摇头，说："祖先们做的每一件事都是有原因的。"

她沿着洞穴摸索，大大的手掌抚过岩石，寻找其他线索。摸到一半的时候她停住了，有个像指南针一样的东西被嵌进了岩石中。

格蕾丝立刻变得焦虑起来。"走，小辣椒，"她说，"我们必须走了。"

"去哪里？"玛汀问道。但格蕾丝没有回答，只是拿过玛汀的手电筒然后关了它。就像是拉上了百叶窗，黑暗降临了。

虽然玛汀很崇拜可汗，但在这伸手不见五指的漆黑的空间里，身边还有一头这个世界上最大的金钱豹，玛汀不得不保持警觉。然而，格蕾丝就没有这样的担心，她拉着玛汀的手，带着她穿过山腹中像蛇一样蜿蜒的狭窄的隧道，而这样的隧道是玛汀一直都很害怕独自去探索的。

玛汀不知道格蕾丝是如何在黑暗中找到路的，但是格蕾丝就像熟悉自己家一样熟悉这些洞穴。

空气变得压抑起来，玛汀感觉像是患了幽闭恐惧症一样不能痛快地自由呼吸。突然之间眼前明亮了起来，出现了满天星空，她的脸沐浴在夜晚的甜蜜空气里。

她们来到了神秘谷的山腰上。玛汀惊奇地发现可汗跟着她们一起来了，它就像一条忠诚的狗一样紧跟在她们后面。格蕾丝在月光下翻过山坡的时候，可汗泛着黄色的目光一直追随着她。格蕾丝停下来打开了手电筒。

"现在你看到了吗？"她问。

玛汀走近一看，在一块巨大的鹅卵石边，两根巨大的象牙凄凉地躺在那里。它们被尘土包裹起来了，好像有一股巨大的力量把它们从地底下连根拔起。它们的顶部也受到牵引，指向了西北方。

"我看到了，格蕾丝。但是我不明白，它们从哪里来？又怎么会出现在这里？"

格蕾丝示意玛汀坐下。可汗走过来在玛汀身边坐下，玛汀用双臂环抱着它，仿佛这是世界上最自然不过的事。这是玛汀在津巴布韦救下可汗之后第一次触碰它，感觉就跟当初相遇时一样神奇。温度从它金色的皮毛里蔓延开来。可汗收起爪子，发出了满足的呜呜声。

格蕾丝取下挂在脖子上的一个皮制袋子，把袋子里的东西散在象牙周围——一些细碎的骨头、豪猪的刺、戴胜鸟的羽毛和新鲜的药草，然后划亮了火柴。格蕾丝闭上眼睛。伴随着燃烧的烟雾盘旋在空气里，混合着非洲紫罗兰和麝香的味道，她开始大声地念念有词。玛汀一个字都听不懂，听起来，格蕾丝像是正在和谁争论——也许是先祖的灵魂吧，她在恳请他们。她双手交叉在胸前，来回摇晃，显然是陷入了痛苦之中。

玛汀有点不安，她紧紧地靠着可汗，想要叫醒恍惚出神的格蕾丝，但又怕那样做会打扰某种神圣的仪式。可是可汗不耐烦了，开

始咆哮起来。

格蕾丝的眼睛忽闪着张开了，她直直地盯着玛汀说："那四片树叶会带你找到一个圆圈，那个圆圈会带你找到大象，而大象会告诉你真相。"

"什么真相？"玛汀问，又陷入了一种似曾相识的困惑里。她来南非的第一个早晨就问了格蕾丝这个问题，从那以后她一直在问，也一直没有得到答案。

"什么真相？"玛汀又问了一遍，因为格蕾丝正在用她无法理解的表情看着她。

"你的真相。"格蕾丝回答说，她扭过头，头发扫过玛汀的脸，"心中有刺的时候就要拔出来，不管有多远，你都要去，找到可以剔除它的方法。"

她拒绝再说更多的，只是抱着玛汀，一遍遍地请求她一定要坚强。玛汀骑着杰米回家，陷入了沉思。在此之前，玛汀主动邀请格蕾丝一起骑杰米回去，但是格蕾丝拒绝了，依稀说着还有其他任务要完成。玛汀不敢想象在凌晨四点、漆黑的保护区里，格蕾丝还可能会有什么任务，但是玛汀没有问，就像本，她知道有些事还是不说开比较好。

玛汀骑着杰米缓慢地穿越保护区，仔细思考着格蕾丝的预言，忽然注意到地平线上出现了一道耀眼的白光。她看了一眼手表，才四点三十分，天也还是黑的，但是远处房子里的每一道光亮都那么耀眼。是腾达伊或是本发现她不见了很惊慌，还是一出好戏已经开演？她紧紧地抓住杰米的鬃毛，让它以最快的速度回家。

　　本正在保护区的大门口等着她。"从前门进来，"本迅速说道，"我会在厨房引开腾达伊和管理员的注意力，你赶紧换回睡衣。腾达伊还不知道你不见了，因为我告诉他，你睡着之后，大概只有炸弹才能把你叫醒。"

　　"谢谢，"玛汀说，"但是如果他不知道我不见了，为什么整个房子像是圣诞树一样亮起来了？"

　　本关上了门，并把门锁好，然后说道："家里遭贼了。"

8. 凌乱的书房

　　玛汀站在外祖母的书房中央，难以置信地看着四周。原本虽不是井井有条但却十分整洁的房间里，每一个抽屉、盒子和文件夹都被打开了，里面的东西被翻了出来，撕成了碎片，散落一地。整个场面看起来就像是碎纸机暴怒地嚼碎了格温·托马斯的所有文件。

　　"当我意识到发生了什么的时候，我立刻去找托拜尔斯，"本述说道，"但我没有找到他，也没有找到你，于是我就去了腾达伊家，然后报了警。"

　　"是我的错，是不是？"玛汀说，"我没有关后门，又骑走了杰米。我从来没想过有人会闯进来，尤其自从托拜尔斯来看门之后。我慢慢穿过杧果树林的时候，还以为自己成功地躲过了他，直到他突然出现在我眼前。我请他不要声张，他当时还笑了。"

玛汀一屁股坐到转椅里，说："哎，本，我该怎么跟腾达伊说呢？我要是承认自己骑着杰米出去了却没有锁门，他一定会告诉外祖母的。外祖母一定会很不高兴，她会觉得我不听话，在她正在地球的另一边设法保住萨沃博纳的紧要关头也不安生。她会对我很失望的，再也不会信任我了。"

就在这个时候，有人来敲门了。腾达伊穿着T恤和皱巴巴的工作裤进了门，看到玛汀的一瞬间他松了一口气。

"谢天谢地你没事，小家伙。本告诉我有人闯入家里的时候，我甚至想到了最糟糕的情景——一个神经病拿着刀在你俩的卧室外游荡。"

"这都是我的错，"本对腾达伊说，"我听到外面有动静，但是觉得应该没事，翻了个身又睡了。后来听到大门吱吱响起，我才起床检查屋子。如果早一点相信自己的直觉，这些就都不会发生了。"本没有说出他回去继续睡觉的真正原因是玛汀告诉过自己，她计划了一次夜间骑行，所以他以为那是玛汀弄出的声响。

"不是这样的，"玛汀说，"我才是那个应该被指责的人，我出去看杰米又忘记了锁后门。"

腾达伊疲惫地揉了揉眼睛，说："这不是任何人的错，没有人需要被责备。如果后门没开，小偷就会打破玻璃或者撬门进来了。

如果他决心要闯入，就没人可以阻止他。"

"但是托拜尔斯呢？"玛汀问道，"他看到什么人了吗？他有试图拦住他们吗？"

"托拜尔斯被打晕过去了。凌晨三点他泡了杯茶，听到可疑的声音后就去大门附近检查，然后就什么都不知道了。他现在头痛欲裂，脑袋上还有个大包，但是应该过一两天就能恢复。萨姆森会带他去医院请医生进行全面检查。我得留在这里等警察来。"

"被打晕过去？不管是谁闯进来，那个人一定是非常想要得到什么东西。你觉得这个人想要什么呢？"

"这我怎么会知道。虽然我对保护区的账务很熟悉，但并不包括你外祖母的私人账务。你看，这人并没有动你外祖母的小额备用现金，所以这么看来他并不是为了钱。"

"我看了一圈，好像没有其他东西被动过。"本说，"所以来者想要的一定是什么特别的东西。"

"我无法想象有人会对外祖母的私人文件感兴趣。"玛汀尖锐地说道。

腾达伊责备地看了玛汀一眼，说："你怀疑詹姆斯先生？小家伙，你不是认真的吧？我知道你对他要继承萨沃博纳很不满，站在我的角度，我也很不高兴，因为我会因此丢掉工作，但他是一个很受人尊敬的商人，也是一个百万富翁甚至千万富翁。令人尊敬的百万富翁是不会闯入别人的家去洗劫他们的书房的，更何况他马上就要搬进来了，他为什么要这样做呢？"

　　玛汀刚想说，一个骗人签字，让他人放弃梦想、家庭和脆弱动物的生命的百万富翁，有什么值得尊重的。就在这时，门外响起了刺耳的引擎声和警笛声。

　　他们一起跑到了院子里。只见一辆闪着警灯的警车正从萨沃博纳的大门沿着砂石路朝屋子飞奔而来，后面紧跟着一架轻型飞机，似乎是把这条路当作了跑道。警车到门口的时候，那架飞机刚好在一团蘑菇云状的尘土中剧烈地晃动着停了下来。在保护区的栅栏这头，一群跳羚羊受到惊吓四处逃窜。

　　腾达伊摇了摇头。"有一件事我得承认，"他说，"自从詹姆斯先生出现后，萨沃博纳就变成了大型马戏团。"

9. 达马拉兰地图

下午，玛汀正在厨房拖地，努力把被外祖母视为"有害无益"的警察们留下的脏兮兮的靴子印、手指印、蛋挞屑通通清理掉时，忽然看到了在保护区门口的白色长颈鹿好像在往后退。玛汀走到门廊，想看看究竟是什么困扰着杰米。原来是鲁宾·詹姆斯，他正伸手试图穿过栅栏给它喂食。

玛汀生气极了，她迅速穿过杠果树林，准备迎战她的对手。

玛汀还未来得及开口说话，詹姆斯就先开口了："啊，玛汀，很高兴看到你，你的长颈鹿——耶利米是吗？——我第一次见到它。听说这里有个传说，骑着白色长颈鹿的孩子可以驯服所有的动物。我想那一定是你。鲁克告诉我，前两天有一头看起来奄奄一息的野牛，在你触碰它之后就像春市上的羔羊一般跳了起来。"

"我很惊讶鲁克还有时间看别的，"玛汀毫不客气地反驳道，"他不是正忙着用他的香烟引发一场森林火灾，忙着对腾达伊粗暴无礼，忙着恐吓大象吗？他应该自顾不暇才对。"

鲁宾·詹姆斯咯咯地笑起来："我更觉得是大象吓到了他。以我的经验来看，大象比人们想象的要强壮多了。看看我送给你外祖父的那头大象，它刚来这里的时候瘦得皮包骨头，几乎无法抬脚走路，但是现在，据说它非常健康，一点问题都没有了。"

不知詹姆斯是否会把他送给萨沃博纳的这头大象和攻击他司机的那头大象联系起来，玛汀这么想着。她决定什么也不说。也许詹姆斯并没有想到，也许他已经决定在接手保护区之后惩罚安吉尔。

玛汀突然意识到，如果她让詹姆斯感到不快，詹姆斯可能也会惩罚杰米，因此她礼貌地开口说："你介意让我的长颈鹿独自待着，不要再喂它了吗？它害怕陌生人，而且只吃银合欢树叶。"

鲁宾·詹姆斯伸长了脖子，斜视着正在栅栏附近徘徊着想要靠近玛汀的杰米，然后说道："哦，我确信它会想试着尝一尝的。"他举起一小枝金银花。

白色长颈鹿杰米向詹姆斯靠过去，面对如此美味的食物不禁流起口水来，但是对这个男人强烈的恐惧感还是让它缩回了身子。

玛汀真想把詹姆斯的眼睛挖出来。她竭尽全力控制住自己，走进保护区，关上并锁住了门，以此来证明现在她依然有权管理萨沃博纳，而詹姆斯没有。杰米低下头来蹭着玛汀。

栅栏的另一侧，詹姆斯镇静地说："我听说昨晚你们失窃了。"

"我猜你跟这事儿没有关系吧？"玛汀声色俱厉，完全忘记了刚才想要礼貌一点的决心。

詹姆斯微笑着说："别这样，玛汀，你我之间似乎从一开始就有误会。你那么热爱萨沃博纳，所以我一点也不奇怪你会不喜欢我，但是硬闯真的不是我的风格。"

"噢，那么夺走别人的梦想以及别人的野生动物保护区就是你的风格？"

詹姆斯把金银花扔在地上，用他那压花的手帕擦了擦手，说："玛汀，你还太小，不懂生意场，但是问问你自己，如果你外祖父很在意、真的很在意萨沃博纳，他会捉襟见肘到让自己的家庭在未来处于危险境地吗？我想不会的，在这件事上我不是那个坏人。"

她得承认——在这一点上他没有做错什么。在那一瞬间，詹姆斯的话几乎就要让玛汀开始质疑外祖父到底做了什么。但是很快，詹姆斯就又扯开了。

他斜靠着栅栏，说："你能猜到吗？玛汀，我正准备和你做个交易。在这个保护区，你可以任选一个动物，任何动物，然后它就是你的了，无论何时你都可以免费来看它。我是说，除了白色长颈鹿以外的任何动物。我应该告诉过你吧，我们将特地为它，把萨沃博纳这个名字改成白色长颈鹿狩猎主题公园。"

一提到狩猎主题公园，一阵凉意渗透玛汀全身。她发现她和鲁宾·詹姆斯就像是博弈的两人。詹姆斯已经走完他那一步，现在轮到

玛汀了。她忽然想起格蕾丝勇敢地穿越地下隧道来到神秘谷的画面，于是玛汀说："你知道吗？你真的不应该低估我们。萨沃博纳里有人拥有你无法想象的力量。"

玛汀绿色的眼睛对上了詹姆斯蓝色的眼睛，她勇敢地迎接挑战："无论如何，我们会找到阻止你的办法的。"

詹姆斯的脸上掠过一丝阴暗得近乎暴怒的神情，但在玛汀察觉之前就散去了，转而摆出一个惯有的圆滑的微笑。

"是吗？"他说，"那么，小姑娘，让我给你一句忠告吧。我是一个很有耐心也很慷慨的人，但是我的耐心和慷慨是有限度的。别犯错惹怒我哦。"

玛汀回到屋子的时候电话铃正响着，她在厨房接起了电话。屋外，大风裹挟着雨里浓重的金属气味，吹得后门的铰链吱嘎作响。战舰般乌黑的云层迅速飘来笼罩着整个保护区。

"玛汀，谢天谢地，我终于联系到你了，"在电话那头，外祖母大哭起来，"我一直打电话，但是没人接听，我急坏了。你那儿发生了什么？一切都好吗？"

"外祖母，一切都好。"玛汀骗外祖母说。她知道，把鲁克被大象攻击，或是家里遭贼，抑或是其他任何事告诉外祖母都是没有意义的。这只会让外祖母感到崩溃，然后做一些情绪激动的事儿，比如在还没有任何发现的情况下就搭下一趟航班回家。那样的话，萨沃博纳只会陷入更大的危险之中。"对不起，让您担心了。格蕾丝不喜欢接电话，我和本很多时候都待在保护区帮助腾达伊。"

"是这样的话，就谢天谢地了，我已经在做最坏的打算了。詹姆斯来过吗？"

"来过几次，但是我们可以对付他。"玛汀回答说，立刻又转移了话题，"英格兰天气怎么样，是不是很冷？"

"还很阴暗，"外祖母确定地说，"还很潮湿。我待在一个狼人电影风格的乡村旅馆，只有低矮的房梁、粗鲁的当地人，还有这里特有的巴斯克维尔猎犬。房间也很狭小，一进门我就得爬上床。但这不是我想打电话跟你说的。"

"对了，钥匙！"玛汀忽然想起来，"保险箱里有什么？你找到不一样的遗嘱了吗？"

"并没有，老实说，这事有点神秘，我都要怀疑我的智商了。我一想到自己千里迢迢飞到这里看起来似乎是空忙一场，把你和本还有腾达伊留下对付那个可恶的男人，我就心怀愧疚。保险箱里真的什么也没有，确实是没有任何可以帮助我们保住萨沃博纳的东西，这里只有一个信封。"

"信封？里面有信吗？"

"没有，这是最奇怪的地方。里面只有两样东西：一张纳米比亚达马拉兰的地图，还有另一把钥匙，像是旅行箱的钥匙。"

"什么旅行箱？"

"我和你有同样的疑问。还有一件奇怪的事是，信封像是来自薇若妮卡的。"

"妈妈?"

"我也觉得奇怪，"格温·托马斯说，"信封背面有你妈妈亲手写的你们在汉普郡的地址。我想不明白，为什么它会在亨利的保险箱里?"

"也许妈妈有一些想要确保安全的东西?"玛汀的脑子里又不自觉地冒出一个想法：或者说，也许妈妈有需要隐瞒的事。

"一张非洲的旅行地图和一个没有地址铭牌的钥匙? 我觉得更有可能的是，你妈妈或者亨利放在保险箱里的东西在很久之前就被转移了。那张地图只是一次旅行的纪念品。那把钥匙也许值得我们研究一下，但是没有地址我也不知道该从哪里入手。"

之后她们又聊了一些和家里有关的事。格温·托马斯太想念萨沃博纳和在这里的一切了，她想要知道几乎是每一只动物的最新消息，这立刻引起了玛汀的怀疑。如果说这世上有一件事是外祖母无法忍受的，那就是浪费钱，尤其是打电话的时候，玛汀知道从英格兰打来的这通电话很昂贵。但是每一次玛汀想说再见的时候，外祖母总是想方设法继续这通电话。

五六分钟后，玛汀说："外祖母，你是有什么心事吗?"

"不，当然没有。好吧，我很关心保护区的未来，但除此之外，我一切都很好。我得挂电话了，卡里应该就快没钱了。这些电话卡完全就是在骗钱。"

玛汀把电话拿到厨房的窗边，透过窗户她可以看见整

个花园，一直延伸到保护区大门口栅栏边的水潭边，远处的天空一片黑压压的。六只大腹便便的斑马正散着步寻找遮蔽物。玛汀问："如果一旦开始调查，你是在害怕接下来可能发现的事情吗？"

电话那头的声音有点愤愤不平。"害怕？太荒唐了。"格温·托马斯停顿了一下继续说道，"哎，我在骗谁呢？是的，玛汀，老实说我很害怕。我害怕我深爱的、一起生活了四十二年的这个男人，也许不是我想象中的那个男人。"

杧果树林里忽然刮起一阵风，豆大的雨点落下来，拍打着茅草屋顶。雨越下越急，玫瑰花们都低下了头。

"我的内心告诉我他是一个好人，一个善良的人，他不会做任何伤害我的事，但是心里总有另一个声音挥之不去，好像在说你永远也无法真正看透一个人……"这话剩下的部分被屋外的瓢泼大雨

声淹没了。

玛汀一手拢着耳朵，紧张地听着外祖母的话。电话里的声音断断续续，变得模糊起来。玛汀按下按键把电话转为免提。

外祖母空灵的声音回响在厨房里："玛汀，要把秘密摧毁。永远也不要有秘密。亨利的秘密任务，不管多么神圣，都可能意味着萨沃博纳和我深爱的以及为之奋斗的一切的终结。我不希望让你感到沮丧，但是你可能需要面对这样一个事实：这可能也是杰米的终结。"

10. 玛汀的计划

那天的晚饭吃得很压抑。格蕾丝做的晚饭尽管一如既往的美味，但是没人有胃口。本坐在椅子上，绞尽脑汁想着可以改变萨沃博纳现状的方法。多年来，本在学校一直受到冷落，被同学孤立、欺负，但是玛汀、外祖母——格温·托马斯、腾达伊和格蕾丝改变了他的生活。他们不仅欢迎本来到他们的世界，还接受他原本的模样，毫无保留地帮助他实现在大自然中与野生动物一起工作的愿望。现在他们需要他的帮助，但是本很沮丧，因为到目前为止他一直没能想出任何可能提供帮助的方法。

玛汀把食物堆在盘子边，心情很低落。晚餐是萨姆森亲自从保护区的湖里捕来的新鲜的鳊鱼，还有烤樱桃西红柿、甜甜的土豆泥、非洲菠菜，甜点是柠檬派。即使晚饭如此丰盛，玛汀也没有胃口享受。现在在萨沃博纳的每一餐都让她有一种"最后的晚餐"的感觉。

刚刚的电话让玛汀深深地担忧起外祖母。她已经习惯于外祖母顽强的自信心，这样的自信曾让外祖母可以眼睛都不眨一下面对那个开着推土机的人。但是现在，外祖母的声音听起来如此脆弱和恐惧，这让玛汀非常难过。

格蕾丝看着玛汀，什么也没说，但是晚饭后，她把玛汀叫到一边，把一个用褐色纸包着的小包裹拿给玛汀看。

"这是做什么用的？"玛汀惊讶地问道。

格蕾丝笑着说："我一直在想我的特制药草一定是缺货了。昨晚你骑着长颈鹿回家之后，我去给你找了些特殊的药草。"

玛汀不知道要怎么回应。格蕾丝的贴心周到彻底感动了她。

而且格蕾丝说的对，玛汀救生包里的这种传统药物已经快没有了。她把被格蕾丝听了一首歌后笑称为"爱的配方第九号"的最后一滴药用在了那头野牛身上。玛汀不太确定（其实也不太想知道）那些小小的褐色瓶子中的药液里都有些什么，但是格蕾丝总会在这些瓶子的标签上列出所有可以治疗的症状的详细清单，而且瓶子里的药液对这些症状来说确实都很有效。

她准备打开褐色的纸包，但是格蕾丝叫住了她，并且说道："不是现在，明天会有时间的，把它放到你的救生包里。"

当一天中发生了这么多事后，玛汀根本没有睡意，尤其是狞猫们还睡在她的床上。腾达伊觉得它们比其他任何人在看家方面都有用，玛汀和本表示同意。

不幸的是，这是个闷热的晚上，而这几只狞猫让玛汀觉得更热了。玛汀辗转反侧，只要一想到没有杰米的日子，她就觉得心痛，杰米一定无法理解她是被迫把它让给鲁宾·詹姆斯以及那些会出现在新的白色长颈鹿狩猎主题公园的大群游客的。杰米一定会觉得自己是被抛弃和被出卖了。

凌晨两点半，玛汀再也睡不着了，悄悄地冲了个澡。为了避免吵醒本和格蕾丝，她穿好衣服后下楼走到外祖母的书房里，狞猫们跟在她的后面。腾达伊曾整理了一下那些散落得到处都是的纸，但是房间看起来依然像是刚被龙卷风洗礼过。玛汀在那一堆杂乱的废纸中搜寻着，直到看到了她一直都在寻找的东西——记录萨沃博纳野生动物的日志。一直以来，她的外祖父母一丝不苟地做着每一个动物的生活记录。

她很快就找到了关于安吉尔的记录，虽然那时候安吉尔还没有名字。外祖父母用蓝色粗体字记录了它的到来：

雌性沙漠象，大约十岁，怀孕二十二周，由鲁宾·詹姆斯捐赠，拯救于纳米比亚的一个动物园，被忽视的极端案例，非常瘦，身上有被绳子勒伤的伤口，未治愈的溃疡，待生的小象仔的健康亟需关注。

真是一个不幸的故事，玛汀的双眼不禁泛起了泪水。她开始怀疑是不是错怪了鲁宾·詹姆斯。也许他接管萨沃博纳真的只是一桩生意——未能偿还的债务的公平补偿。也许他是真的关爱动物的，他经营主题公园后也会继续拯救它们。但是当她一想起詹姆斯打算利用白色长颈鹿，又开始气不打一处来。她很感谢詹姆斯把安吉尔从纳米比亚残酷的动物园中拯救出来，而除此之外没有其他任何理由可以让她喜欢他。

她快速扫过外祖父关于安吉尔的笔记，直到那一行记录安吉尔出生地的文字引起了她的注意：达马拉兰，纳米比亚。

一时间，玛汀想不起是在哪里听过这个名字，但是很快她想起了外祖母的那通电话。外祖母告诉过她，保险箱里没有其他任何东西，除了一张达马拉兰的地图。这是一个奇怪的巧合，而格蕾丝总是说，这世界上不存在什么巧合。

玛汀走到书架边，拿起一本非洲

的旅行指南。她飞快地把书翻到纳米比亚的部分，达马拉兰就在这个国家的北部。书上写道，这里是稀有的神出鬼没的沙漠象的聚集地。它们比一般的非洲象高，腿更长，它们能一天行走七十公里。普通的大象一天要饮用一百至两百升水，但是沙漠象即使是三到四天只喝这么多水也能存活。

玛汀把书放回书架，关上灯，又焦躁不安地跑到花园看看是不是能找到杰米。她把狞猫们带在身边，以防万一，她可不想被窃贼一棒子抡到头上。白色长颈鹿不在水潭边。玛汀正犹豫着要不要回屋去取呼唤它的无声犬笛，突然一道白光吸引了她的注意力：鲁宾·詹姆斯的飞机。

晚饭的时候，本提起过他无意间听到了飞行员接到詹姆斯的命令——在凌晨五点准备好飞机。鲁宾·詹姆斯准备和飞行员一起回到在纳米比亚的家。在平安夜正式接管萨沃博纳前，他们都没有计划回来。这是这一周以来玛汀听到的第一个好消息。

玛汀打开手电筒，朝飞机走去。这是一架比奇 B58，有六个客座，尾部有货舱。她走到飞机头处，看到飞机的名字用红色的字体写在一侧：火鸟。在字的下面，还有一个标志，如果不站在边上，这个标志小到你根本不可能注意到它……

玛汀大吃一惊，手里的手电筒掉在了地上，滚到了机轮下，她花了好几分钟才找到它。她用手电筒照了照飞机头，在火鸟标志的下面，是一个有着四片叶子的三叶草的图形。

"四片叶子会带你找到那个圆圈。"玛汀想起了格蕾丝告诉过她的话。

玛汀在飞机舱门附近的石头上坐下。狞猫们在她身边蹭来蹭去，想要引起她的注意。鲁宾·詹姆斯是要飞往纳米比亚，一个在萨沃博纳西北方的国家，西北方恰巧是象牙所指的方向。保险箱的地图显示的是达马拉兰，而达马拉兰刚好又是安吉尔的出生地。

一个计划在玛汀的脑子里渐渐成形了。如果她搭上鲁宾·詹姆斯的飞机，看看他这一次飞行究竟是在忙什么，会不会有什么新的进展？也许她能找到他身上的一点罪证——一些能证明他是一个骗她外祖父让出保护区的狡猾的商人的证据。同时，她也能尝试跟随格蕾丝预言里的线索。

玛汀的脑子里冒出越来越多理智的想法。比如：你是疯了吗？你可能会被杀的。你可能会被送进监狱，或者青少年犯罪研究所，或者任何其他一个十一岁的飞机偷渡者会被遣送去的地方。啊，即使鲁宾·詹姆斯没有开枪打死你，你外祖母发现你做的这一切后也饶不了你。

但是这些都没用。如果玛汀听从自己内心理性的一面，就意味着她将眼睁睁地看着鲁宾·詹姆斯把萨沃博纳变成一个供游客兴高采烈骑着白色长颈鹿游玩的宠物动物园。这也意味着她外祖母的家被抢走，本成为一个追踪者的梦想化为乌有，腾达伊、萨姆森和其他所有工作人员都将失业、被遣散而流落街头。

更糟糕的是，这意味着明明已经找到格蕾丝告诉她的会引导她找到真相的线索，却又要她无视它，不管真相意味着什么。种种原因，激起了玛汀的勇敢和疯狂，让她把所有的谨慎和顾虑都抛到了九霄云外。

玛汀决定做最后一次尝试。事实上，今晚是她唯一可以通过这架飞机实现偷渡的机会，而且也只有在飞机舱门没有锁的情况下才能实现。于是，她试着去开机舱门。

门没有锁。

玛汀急促地喘了口气。她决定了，不管怎么样，她现在都要做这件事。她再一次看了眼时间，现在是凌晨两点五十分，她最迟要在凌晨四点登机。

顾不上那些涌进她脑子里的反对声音，玛汀回到了屋里。在把救生包、防风夹克、备用 T 恤、换洗的衣物和牙刷打包装入小背包之后，她下楼走到厨房，在午餐盒里装了两片芝士、酸辣杏仁三明治以及一瓶水，然后在厨房桌上留了一张字条。

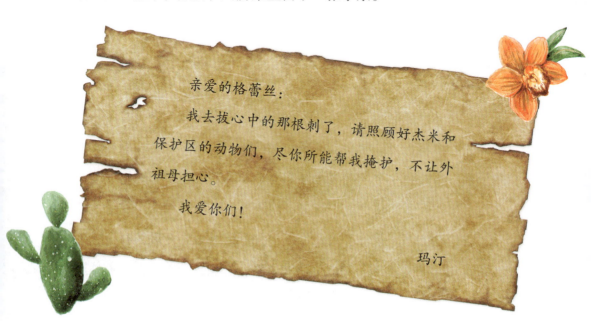

亲爱的格蕾丝：

我去拔心中的那根刺了，请照顾好杰米和保护区的动物们，尽你所能帮我掩护，不让外祖母担心。

我爱你们！

玛汀

离开家的时候，她把狞猫们关在家里，又依依不舍地看了一眼本房间的窗户。她不知道在没有最好的朋友的帮助下，自己能否处理这件事，但是让本卷入这样一件不负责任的事里对他是很不公平的。

"咔嚓"，关上门，玛汀飞快地跑到大门口，她停下来听了听。除了夜行动物们发出的声音，没有任何其他声音。玛汀心跳加速，快速爬进飞机，在舱内的盒子后面躺下，用防水油布盖住自己。她不敢相信这一切这么容易就实现了。

她安下心来，用背包当枕头，试图小睡一会儿，就在这个时候她听到了声响，瞬间神经紧绷起来。鲁宾·詹姆斯不太可能会在凌晨三点四十五分的时候为他的离开做准备，那么，这是不是意味着有人——会不会是鲁克——发现她上了飞机，如果真是那样的话，那将会是一个灾难。

门打开了。玛汀尽量缩到黑暗的角落里，努力屏住呼吸。她已经被吓坏了，一动也不敢动。时间一分一秒地过去了，她开始觉得呼吸困难，胸口也止不住地发烫。

就在她觉得快受不了的时候，油布被掀开了——是本，他正低下头对着她微笑。本穿戴整齐，随身带着每次出行都会带上的卡其背包。本爬到她身边准备躺下的时候，玛汀依然在为之前受到的惊吓责备他。

"你觉得我会让你独自去吗？"本说。

11. 沙漠，还是沙漠

玛汀感到一阵绞痛从脚部开始传遍全身。现在她必须咬住她的运动 T 恤防止自己哭出声来。她又冷又饿又渴，尤其是她清楚地知道她的防风夹克、三明治和那瓶水就在伸手可及之处却不能去拿，寒冷、饥饿和口干舌燥似乎来得更猛烈了。但是，她又不能引起飞行员或者鲁宾·詹姆斯的注意，不能冒着被发现的危险。

她缩成一团向本靠近，设法把腿伸直减少一些疼痛。四点半的时候，一阵冷空气惊醒了他们，他们意识到机舱门打开了，灯也打开了。她和本不被抓住似乎已经是不可能的事了，但是飞行员只是把几个旅行箱扔在他们上面，而后就启动了引擎。几分钟后，他们听到了鲁宾·詹姆斯大声打招呼的声音。接着，又一个箱子被堆到了货舱区域。飞机颠簸着上了临时跑道，然后起飞飞向了一片未知的天空。

那么然后呢？

这是在这次旅行中最美好的时候充斥着玛汀大脑的问题。像往常一样，她没有想太远。现在她有时间反思一下自己之前的行为了，历数过去几天所经历的种种情绪，一丝悔意涌上心头。她和本将要降落在一个陌生的国家，没有护照，没有人知道他们去了哪里，没有计划，没有钱。虽然她随身带着一些零钱，但还不够买一个汉堡。他们到底要怎么回到萨沃博纳？

玛汀对于纳米比亚的认知全部来自她那本旅游书。纳米比亚是地球上人烟最稀少的国家之一，八十万平方公里的土地上只有一百八十万人口，是非洲最后一批游牧民族的家，其中最古老的是圣布须曼族。纳米比亚百分之六十的国土是卡拉哈里沙漠和有着近八千万年历史的纳米布沙漠，十二月是那里最炎热的月份之一，气温会爬升到四十摄氏度。

一想到这里，玛汀觉得更加恐慌。她把她最好的朋友也牵扯了进来。她把格蕾丝留下应对外祖母，格蕾丝拥有所有权利，唯独无权同意她飞去纳米比亚，尽管如此，玛汀并没有觉得太糟糕。她更担心的是外祖母。她希望：幸运的话，外祖母这几天都不会打电话回去，那样她和本就能按时安全地回到萨沃博纳了。

玛汀意识到飞机正在下降。飞机轰隆隆地震得耳膜直响，她把本推醒了，惊叹在这样的时刻他也能睡着。本睁开眼睛困惑地看了看四周，这才想起来自己在哪儿。他一如往常地朝玛汀微笑着，这让玛汀感觉好多了。至少她不是一个人，至少她和本在一起。

出乎意料，他们已经着地，地面撞击着飞机的机身。他们的身体随着飞机的颠簸弹了几下，忽然停住了。飞机的引擎关了，一切安静了下来。

"完美的降落，不好意思，我这样评价自己。"飞行员说，"没有多远了，我们再加一次油，办完海关手续就可以继续上路了。我打赌这一切结束的时候，你会觉得神清气爽的。"

"就这一会儿，也是我离开萨沃博纳之后最放松的时刻。"鲁宾·詹姆斯回答说，"格温·托马斯那个老家伙在身边的时候，那感觉真是糟糕透了，她那外孙女更是让人不安。她绿色的眼睛像 X 光一样能看穿你。她昨天还威胁我说，在萨沃博纳会有让我意想不到的力量阻止我。"

鲁宾·詹姆斯冷笑着接着说："那个瘦瘦的小孩或者其他任何一个保护区的员工，都不可能通过在巫毒娃娃上扎针或者调制出迷魂汤来阻止我完成这个几年来的计划，这种说法就像笑话一样，但是她说话的那个样子让我几乎相信了。"

"你打算怎么对付她呢？"飞行员问，詹姆斯正要回答的时候，海关官员出现在窗边。接下来的几分钟，是办理海关手续以及加油的时间。

飞机再次起飞，飞行了四十五分钟后，玛汀迫切地想要去洗手间，为了能去洗手间她都打算放弃坚持了。幸运的是，当她正要跟本说这事儿的时候，飞机开始降落了，很快他们就着陆了。

"真高兴这是我们用这飞机飞的最后一趟了，"引擎关闭后，飞行员说，"我想我的神经再也经不起下一次飞行了。如果海关官员要搜飞机，我就没必要再活下去。"

"想想你的瑞士银行账户。"鲁宾·詹姆斯提醒他说。

"如果我入狱了，这对我而言也没什么用了。"飞行员回答道。

"你该早点想到的，无论如何，我们没有犯法，只是稍稍钻了点空子，而且我们是在执行国家任务。"

"你觉得……会同意吗？"这时外面一辆车子开过来，隆隆的声音让玛汀漏听了几个字或某个名字。

"他们当然会，"詹姆斯说，"他们还能到哪儿去找一日三餐以及新鲜的水源呢？"

他俩一边说着，一边跟汽车司机打了招呼，下了飞机。引擎声由"哒哒哒"响起到慢慢减弱，车子渐渐开远了。

玛汀和本全身僵硬极了，慢慢站了起来。他们小心翼翼地打开舱门，爬下飞机，扑面而来的是一股股热浪。

他们能看到的全部，除了沙漠还是沙漠。不是泛着涟漪的金色沙漠，而是像摩天大楼般高耸的红色沙丘。四周环绕耸立着明亮的茶色的层峦叠嶂、边缘被风蚀雕成的如刀般锋利的悬崖、沟壑和山谷，而在清晨的阳光下，这轮廓更加明显了。这是一种气势磅礴的美，更是一种绝望的美。

玛汀感到一阵眩晕，她把手搭在机翼上。本撞上了她的目光，玛汀知道他也在想同样的事。他们孤立无援地站在沙漠里，离家几千里远，身边只有两片芝士和一瓶水。

12. 错过飞机

"现在怎么办？"玛汀问道。在颤抖的飞机舱板上躺了几个小时之后，可以大声地问出这个问题真是舒坦极了。

本揉了揉他那乌黑的头发。"好问题，在任何情况下生存法则的第一条是什么？"

"不要惊慌。"

"对，我们不要惊慌。在离开之前，让我们把飞机仔细地搜查一遍，看看上面有没有有用的东西。但是首先，我们得吃点东西。"

他们分了半瓶水和全部的三明治，因为芝士在这样的高温下融化变质后就不能再吃了。填饱肚子后，他们回到机舱里仔仔细细地又检查了一遍。

没有什么可拿的东西了，尤其是当他们拿走了所有能想起来的东西之后。他们从冰柜里拿了两小盒果汁，从急救箱里拿了一些葡萄糖、净化水的药片和一条毯子，但是他俩谁也没有去翻看那些行李箱。

"他现在是无辜的，除非被证明有罪。"本说。而玛汀的观点是，在能证明詹姆斯是无辜的之前，他是有罪的，但是她也同意不到万不得已是不应该去检查詹姆斯的行李的。

他们检查了舱内的盒子。大部分都被紧紧地封住了，但是外壳上生产商的名字以及一个坏了的盒子的一角冒出来的气味让本十分肯定里面装的是矿业物资。

"矿业物资？"玛汀疑惑地问，"鲁宾·詹姆斯就是靠这些发家致富的吗？是钻石还是铂金？"

"我不确定。我问过腾达伊，他觉得詹姆斯是做奢华旅游民宿生意的，但他其实也不是真的知道。"

本把盒子推回到原来的位置，两个人跳下飞机，关上门。玛汀又瞥见了机头上的四片叶子的三叶草标志，想起了格蕾丝的预言。

"那四片叶子会带你找到那个圆圈。到底是什么圆圈呢？"

"你听到他们在飞机上说的话了吗？"玛汀问本，"鲁宾·詹姆斯说他们没有违反法律，只是钻了空子，这是什么意思呢？还有瑞士银行账户和监狱又都是些什么呢？"

"当听到詹姆斯说他觉得有些人有些地方该感恩他们能有一天三顿饱餐和饮用水的时候，我就开始担心，因为听起来他像是在说奴隶劳动力。这些都很神秘，但我觉得我们至少可以确定一件事。"

"是什么呢？"

"那是比萨沃博纳大得多的东西。"

玛汀他俩不确定飞行员或是鲁宾·詹姆斯什么时候会回来拿货物，但他们猜至少詹姆斯一行得先去哪里吃个早饭。更重要的是，他俩得在气温升高之前辨明自己所处的位置。玛汀和本很不安地意识到，他们就快没有饮用水了。

在爬了几分钟山丘后，玛汀就无比想念那些甜甜的、带着泡沫的冰激凌。她和本脱下了靴子，用鞋带系起来挂在脖子上，赤着脚，脚指头深深地陷入红色的沙子里。他们艰难地移着步，感觉肌肉在燃烧。走到半路的时候，他俩分了剩下的水。他俩虽然嘴上什么也没说，但是心里都明白，一旦苹果汁喝完了，他们的麻烦就大了。

"我敢打赌，我们登顶的时候一定会发现在山丘的另一边，有一个带着棕榈树荫和闪闪发亮的蓝色游泳池的宾馆。"本满怀希望

地说。

"我也打赌，我们登顶的时候会发现一个冷气很足的购物中心，那里有撒着巧克力屑的冰激凌以及我们能喝的所有柠檬水！"玛汀附和道。

一想到这里，他们顿时来了精神，继续挣扎着向山顶行进。本比玛汀身体要更强壮些，率先到了山顶，相对于玛汀也没有那么气喘吁吁。玛汀随后也登上了山顶，但是在能好好环顾四周之前着实花了些时间来调整了下呼吸。玛汀从本的表情已经获知自己接下来可能会看到什么，因此她根本不着急去确认了。

天地间红色沙丘绵延起伏，就像被勺子挖出来的巨大的沙漠甜品。四周没有任何生命的迹象。要不是那条渐渐消失在薄雾里的柏油马路和那架停在远处的玩具般的飞机，他们会以为自己在火星上。

"要是书上说的是对的，我们现在正在索苏维来沙丘。"本说，"我看过有关这些红色沙丘的图片，这里离最近的城镇至少也要驾车六小时。"

"这下好了，"玛汀用手遮在眼睛前挡一挡刺眼的阳光，失望地说道，"希望我们不要用步行走完这段路。"

她一屁股坐在沙丘上。"对不起，本，就像以前一样，这是我的错。我一直处于这样一种焦虑中，我担心自己可能会失去杰米、可汗和萨沃博纳，我感觉自己很混乱。这种无助的感觉真是糟糕透了，我想做些什么改变这些。但是我没有想到的是鲁宾·詹姆斯居然会在纳米布沙漠里做生意，我以为我们会来到有车有路有房子的地方，至少我还能做些调查。然而，现在这处境真是糟糕透了。最糟糕的是，我把你也拉进来了。"

本一屁股坐到玛汀边上，打开了一小盒苹果汁，在嘬一小口前先让玛汀喝了一口。"你没有把我拉进来啊，我来是因为我想来，记住了吗？不管怎么样，你得遵从你自己的建议。"

"什么建议？"

"你对外祖母说过，我们不能放弃，让我们做些我们来这里想做的事，让我们查一查鲁宾·詹姆斯到底是做什么的，然后找到足够的证据，不让他接管萨沃博纳。"

玛汀看着本说："除了这些，还有一些其他的。"

她简单地把格蕾丝的预言告诉了本，讲了讲指向西北方向的象牙，和在飞机头上看到的四片叶子的三叶草。她也转述了外祖母提起的在保险箱里发现达马拉兰地图的事，并说出了安吉尔刚好就出生在达马拉兰这个奇怪的巧合。"格蕾丝总是说世上没有巧合，但在不到二十四小时的时间内就发现了这两个巧合，实在是太古怪了。"

"嗯，"本喃喃自语道，"还可能会有第三个。比如，安吉尔袭击鲁克的原因是它在达马拉兰就认识鲁克，而鲁克做了什么激怒它的事。我想这是我们欠安吉尔的，也是欠外祖母和萨沃博纳的每一个人的，我们要进一步调查这件事。我们得找到去达马拉兰的路。"

这几天来，玛汀第一次感到她的血管里有一种叫希望的东西在骚动。"好的，"她说，"让我们继续做我们来这里想做的事，更何况我们曾经遇到的状况比现在还要糟糕呢。我们躲在飞机附近等他们回来拿货，然后看看能不能偷偷溜进他们的车子。"

他们很快发现，下那陡峭的沙丘最方便的方式是像滑雪橇一样滑下去。下山可比上山好玩多了。当他们几乎就要到达山底的时候，路面上卷起一阵沙尘。那辆狩猎车回来了。

这下子，他俩彻底暴露在斜坡上，离最近的遮挡物也有几百米的距离，他们立刻停了下来，在原地把自己埋进那红色沙土里，直到只露出一个头。山丘下，车子停在了飞机旁。飞行员和詹姆斯从车上卸下了几个长长的木板箱，把它们抬到飞机上后跟着爬进了货舱。五分钟后，他们依然没有下来。飞机的螺旋桨开始转动起来。

"他们要走了！"玛汀大喊道，挣扎着半坐起来，"本，他们要离开这里了！我一度以为这是他们最后的目的地了，在回到飞机上以前我们还会有很多时间。我之前还觉得鲁宾·詹姆斯不是住在附近就是在附近有生意，飞机几天内都不会离开这里。"

"我之前也是这么认为的。"本一脸严肃地说道，"现在看来，我们都猜错了。"

飞机的引擎声越来越响，飞行员准备好起飞了，狩猎车司机挥了挥手把车开走了。

玛汀和本眼睁睁地看着白色飞机在跑道上急速地滑行，然后飞上了蓝天。没过多久，飞机就消失在天际，仿佛那飞机和飞机里的人都只是他俩的幻觉。

一切又恢复了安静，空气里仅有的声音就是沙子摩擦的声音和他俩受到惊吓后急促的呼吸声。尽管是在这么酷热的天气里，这突袭而来的安静也吓得他俩冒了一身冷汗。

"现在怎么办？"本说。

13. 沙漠里的果子

"等一等。"玛汀说。

生活中玛汀是那种一触即跳、动辄掉眼泪的人，此刻她很确定自己既想发火又很想哭，但是在面临生死危机的关头，她知道不应该遵从自己的感性的内心而要让自己的头脑冷静下来的重要性。

本吃惊地看着她，问："等什么？"

"STOP！就是停下来，想一想，看一看，计划一下的意思。我听过这个说法。这是一种当你身处绝境的时候仍然能够保持专注不让自己崩溃的方法。"

"我们现在就是，"本感慨道，"身处一个绝望的处境。"

玛汀站起来，把红色的沙子从衣服上和她褐色的短发上抖落下来："换种想法，这也许是件好事。"

"怎么说？"

"设想一下，如果我们现在还在那飞机上。我们在鲁宾·詹姆斯身边的时间越长，被抓住的概率就越高。我们很有可能被抓住，就因为我们中的某个人打了个喷嚏，但是现在我们的行动是自由的。我们在纳米比亚追随着他的踪迹，我们可以自己决定什么时候行动，如何行动。"

本大笑起来："朋友，过去这几年你的变化确实很大。你说的很对。我们离任何地方都是千里迢迢，我们被沙漠的烈日活活地蒸烤着，身边只有一小盒苹果汁，又没有任何交通工具。不过，我们得积极一点，如果我们活着出去了，那么就让我们继续追踪詹姆斯的下落。但是现在，我们最需要解决的问题就是遮阴、水和食物。"

"我同意。本？"

"我在。"

"我真的害怕极了，你知道的。可以说我从来没有这么恐惧过，但是我也非常坚定。如果我的生命里只剩下一件事，那就是我要保住萨沃博纳和所有珍贵的动物。"

本看看玛汀，再看看滚烫的红色沙子堆成的无边无际的沙丘，又回头看向玛汀，他深邃的眼睛里透射着严肃的目光。"让我们期待这不是最后一件事。"他说。

对他们来说，现在最关键的是要找个遮阴的地方，以避开直射的太阳。然而方圆几公里内都没有任何遮挡物，他们也不能冒着被晒到脱水的危险在热浪中寻找一个遮阴的地方，于是他们回到了飞机跑道上，用那条从飞机上带下来的毯子和一些干枯了的树枝支起了一个简易的帐篷。他们在那儿一直待到中午，打着瞌睡，做梦都想着食物和冰凉解渴的饮料。到了吃午餐的时候，他们最后的一点苹果汁也喝完了。在喝最后一口的时候，他们用了点生存小技巧，把苹果汁尽可能在嘴里多含了一会儿，这样的话他们的舌头和嘴唇不会太干。

下午晚些时候，玛汀和本各自吞了一颗葡萄糖片，然后冲进了滚滚灼浪之中。他们多么希望飞机跑道是正常使用的，这样不久后他们就能获救了，但是他们连个飞机的影子都没看到。他们知道在处于危险境地的大部分情况下，最好的存活方法就是待在原地直到获救，而不是做任何移动，因为那只会让情况变得更糟糕。但是这次遇险却是个例外，因为没人知道他俩现在需要营救，他们只能靠自己寻求帮助。

他们沿着早上那辆狩猎车开走的方向走着。这比爬沙丘轻松多了，感觉总有希望会遇到一车游客或者是公园的管理员运着一大桶水从他们身边开车经过。不管怎样，那是他们的希望。

但什么都没有发生。

几小时过去了，太阳在一点一点落下山坡，玛汀实在太渴了，她的舌头都快跟上腭黏在一起了，嘴唇也开裂了而且还渗出了血珠。玛汀穿上防风夹克，戴上帽子，防止太阳暴晒，但这却让她更热了。她的手臂越来越没有力气，两条腿也是艰难地移动着，她尽量不去回忆那些在沙漠里死去的人的故事。如果没有水，人最多能够存活三天。但在这样的高温下，人很可能撑不过二十四个小时。

她最担心的是他们可能走错了方向，狩猎车可能根本不是向旅舍的方向开去。如果本对于盒子里装的东西的猜测是对的，那么很有可能这车曾载着詹姆斯去过一个矿井，或是一个秘密的储物仓库。也许那里会有全副武装的警卫，也许她和本正步入一个陷阱中。

一条鼻子长得像铲子一样的蜥蜴用游泳的姿势快速地游过附近的一个沙丘。除了甲壳虫和天上的老鹰，这是他们一整天来看到的唯一的生命迹象。

"我们不会死的，"玛汀大声说出这话的时候比她自己感觉的更有信心，"如果我们会死在这里，格蕾丝应该会提到的。"

"她可能跳过了那部分，以免吓到你。"本嘲笑着说，"占卜的人不都遵循着某种法则，如果他们看到了不好的结局，可能不会告诉人们。"

玛汀顿时感到一阵无法忍受的燥热和烦躁。"别说那些没用的，本。"她有点动怒地说，"不管怎么样，格蕾丝不是算命的，她是一个可以与神灵沟通，可以读懂骨语的巫医。她可不是那种穿着发光背心、手拿水晶球的江湖骗子。"

本愣住了："嘿，我知道啦！格蕾丝很神奇，对不起，我那样说简直愚蠢极了，我只是想让大家轻松一点。"

玛汀握紧了本的手，说："对不起，刚刚吼你了，我只是又饿又累，我一直在责怪自己怎么把咱俩带入了这般境地。"

本笑着安慰道："这想法听起来一点儿也不积极。来，加油，我们可以做到的。齐步走，齐步走，齐步走……"

太阳下山后，微风吹来一丝凉意，像被丝绸包裹般顺滑。玛汀和本用尽了他们最后的力气爬上了这片区域里最高的沙丘，他们希望在接下来要度过的漫漫长夜里，这里不会有食肉动物、蛇或蝎子出现。他们也希望可以看到旅舍或是水源的迹象。

他们在爬沙丘之前，又把靴子脱下来，炙热的红色沙子在玛汀的脚趾间流动。快要到达山顶的时候，他们停下来喘着粗气。和玛汀常常能在萨沃博纳看到的不一样，这里的落日并没有什么异国情调的色彩，但是沙漠的颜色弥补了这一切。沐浴在夜晚纯洁的光亮里，巨大的沙丘泛起色彩的涟漪，从砖红色、亮橙色到茶色渐渐变换着。

眼前的一切如此可爱，如此孤独，如此古老，玛汀暂时忘记了他们的困境，反而觉得很幸运可以目睹这一切。根据旅行指南所述，纳米布沙漠约有八千万岁了。从进化论的角度来看，她在纳米

布沙漠面前就跟变形虫一样微不足道。当本再一次开始向上爬的时候，玛汀还在沙坡上徘徊，直到本苦闷地喊她的时候，玛汀才从自己的沉思中跳了出来。

最后的几步玛汀花了将近平时两倍的时间才完成。此时本躺在山顶上，抱着他的脚，脸部因为痛苦的表情而扭曲了。而不远处就是他痛苦的根源——一棵带着可恶的弯曲的刺的灌木。

"果不其然，"他疼得牙齿咯咯作响，"我们走了几个小时也没有看到哪怕一棵树或者一片草，没想到我们首先遇到的竟然是这带刺的灌木。"

本放开他的脚，玛汀看到他的脚底上有五个流血的小洞。本还没来得及反对，玛汀就打开了她的救生包，用消毒布清理了那些极小的伤口，紧接着又滴了一两滴格蕾丝调制的愈合伤口的药水，然后用纱布绷带把他的脚包扎起来，这样药起效的时候，沙子就不会进到伤口里去了。

玛汀刚完成包扎，本正微笑着要再次站起来的时候，她注意到了两样东西。一个是在沙丘的另一侧有一个山谷，那里散布着金发草和一些树；另一个是那棵带刺的灌木上结着黄绿色的瓜。

玛汀声音沙哑地说："这是我的幻觉吗？"

"什么幻觉？"本正检查着玛汀的包扎，被她专业的包扎技术折服。玛汀用的药几乎让他感觉不到疼痛了。

玛汀仔细地察看着那棵带刺的灌木，用瑞士军刀轻轻敲打那一簇让人害怕的刺，几个瓜就掉到了地上。玛汀切开其中一个，里面看起来像是黄瓜。她掏出一些黄色的果肉并把它们扔进嘴里，酸得她微微皱了皱眉，看起来味道有点让人难受。然后，她又剥去几颗瓜籽的外壳，把里面的果仁吃了。

"玛汀，你疯了吗？你脑子被太阳烧坏了吗？"本一脸严肃地说道，"你不知道吃这种不知名的植物有多危险吗？如果果肉有毒呢？如果你在这里病倒了呢？我们离医院还有好几里的路呢。"

玛汀又把几颗果仁丢进嘴里，说："这很好吃，就像杏仁一样。"

她又切开一个瓜并递给本。"这是奈良灌木，在很多其他的地方都有，我能认出来，格蕾丝经常说起。她说圣布须曼族人最喜欢奈良灌木，因为这种植物浑身都是宝。用它的籽榨出的油可以滋润皮肤还能防晒；用它的根可以治疗肚子疼、恶心、胸疼和肾病；用它的果肉擦拭伤口可以帮助伤口愈合，吃了还可以补充水分。"

本几乎一点儿也不相信玛汀说的话，但是他太饿太渴了，坚持不了太久，尤其是玛汀吃了第一个瓜之后就奇迹般地恢复了体力，况且这会儿她已经吃着第二个瓜的果仁了。没过多久，他就开始抱着同样的热情吃了起来。

吃着吃着，两个人抬头看着彼此时突然愣住了，只见果汁从对方的下巴上淌下来，在飞机的舱板上度过了一夜以及在沙漠里烘烤了一天之后，他们的衣服和身上都脏兮兮的，头发也乱糟糟的。看着对方狼狈不堪的模样，他们不禁大笑起来。

此刻天几乎已经黑了，他们在带刺的灌木下找到了一些干树枝和树叶，并生起了一小堆火。他们把飞行员急救箱里的薄薄的毯子铺在高高的沙丘山脊上，又把玛汀救生包里的太空毯盖在身上，根据毯子的说明书所述，这条毯子可以抵挡零下 60 摄氏度的寒冷。

星星徐徐升起，夜晚降临了。不久后，就像是一盒子的钻石撒在了天河，数不清的星星闪烁着光芒。一轮新月在深蓝色的天空中升起。

本和玛汀枕在他们的背包上舒适地躺着，天空仿佛一床巨大的毯子，抬头便是那银河、猎户星座和南十字星座。时不时地，他们听到夜行动物的声音，这让他们感觉没有那么孤独。

"你知道吗，本？"玛汀带着睡意说，"我相信我们会成功的，虽然现在还没有线索，但是我想我们会找到的。"

本打着哈欠回答说："你知道吗，玛汀？我相信你是对的。"

他们很快进入了无梦的睡眠，他们还年轻，还天真，也真的太累了，经历了这么多之后，此刻他们终于可以好好睡一觉了。

14. 遇见吉福特

清晨，玫瑰色的阳光洒满了红色的沙丘。本坐起身来，被眼前的一幕惊呆了，感叹眼前的这一切是他见过的最令人叹为观止的一幕。而玛汀似乎还未睡醒，一动也不动，带着浓浓的睡意嘟囔着抱怨他们的沙床太硬，夜晚太冷，而她多么想要冲个淋浴，想再多睡一会儿，更想来一份有鸡蛋、培根、咖啡和橙汁的早餐。

"小姐，起床吧，让我来呼叫客房服务。"本站起来把毯子从玛汀身上扯走，一脸神秘地说，"懒骨头起床啦，我猜你会想看看这

个的。"玛汀依旧一动不动，本温柔地敲了敲她的骨头。

玛汀笔直地坐起来，盯着本说："朋友，你是想等我们回到萨沃博纳之后为你刚才的行为买单吗？你等着！"

她用手挡了挡那强烈的橙色的太阳光，说："到底是什么特别

的，非要让我在凌晨五点起床啊？"

话音刚落，她就看到了在下面的山谷里，有成百上千只羚羊散布在一片浅草上，它们头上的角特别长，长矛般笔直而锋利，身上和脸上布满了浅黄褐色和黑色的纹理图案，就像穿了制服般豪华，仿佛它们是女王精英卫队的战士。虽然玛汀只在照片里见过羚羊，但她一直觉得它们是世界上最美的动物之一。

玛汀瞬间忘记了疲惫，一下子跳了起来，兴奋地对本说道：
"本，我们要靠近些，它们太惊艳了。像这样一群羚羊需要好多加
仑的水才能存活。也许我们可以看看它们是从哪里取水的。"
　　玛汀情绪的快速转换让本忍俊不禁，他觉得如果能把她逗笑那

就更好了。他们把东西打包，滑下山丘。到达山谷后他们慢慢靠近羚羊群。半小时后，他们躲到了一棵树后，而在不远处的一个土堆上，两只雄羚羊正在蓄势拼斗。它们摇动着高贵的头颅，带着像剑一样的角冲向对方，但在相撞的最后时刻又躲开了。

玛汀担心那两只羚羊也许会伤到对方，想过去阻止它们。但本拦住了她。

"你不应该破坏大自然的生存法则。"

"我当然要这么做，如果能使一只羚羊免于因被刺流血而死亡。"玛汀自言自语道，"天哪，你看到了吗？"

那两只羚羊正顶着头上的角刺向彼此。

玛汀从树后走出来，冲着羚羊大声喊道："坏蛋！对彼此好一点，打架有什么意义呢？"

羚羊们被吓了一大跳，瞬间停止了打斗，甩动着尾巴，好奇地盯着这个不知从哪儿冒出来的小鬼，随即它们向沙丘的隐蔽处跑去，身后跟着骚动的羚羊群。

"嘿！"

一个年轻的圣布须曼族人从草堆里走了出来。他裸露着上半身，下身穿着卡其色工装短裤，肩上挂着弓和一筒箭，手里拿着看起来很专业的相机。

"我简直不敢相信，"他说，"在这三万四千平方公里的沙漠上，竟然被你们毁了我的镜头。"

在非洲度过的很长一段时间里，玛汀一直惦记着圣布须曼族人。有一个传说不知道是圣布须曼族的，还是祖鲁的，抑或仅仅只是非洲的一个普通传说：能够驾驭白色长颈鹿的孩子有能力控制所有的动物。但是不管怎么说，玛汀坚定地认为，就是圣布须曼族人掌握着她命运的钥匙。

一次又一次，记忆空间里的那一幅幅画面无不预示着玛汀将要面对的挑战和困难。

但是这几个月来，玛汀从来没有想过她可能真的会遇到一个圣布须曼族人，而且是一个拿着长焦相机拍照的圣布须曼族人。她总是把圣布须曼族人想象成生活在博茨瓦纳卡拉哈里沙漠的偏远地区或者是纳米比亚北部边远地区 的古老的游牧民族，认为他们拘泥于古老的传统，不会与现代的外部世界接触。

但是眼前的这个男孩，看起来十五岁左右，一点儿也不神秘，也不像是隔离于现实世界之外的人。他就站在这里，满脸愤怒。

"你们知道我在这里躺了多久了吗？就为了等这个镜头！我得忍受寒冷和绞痛，还得忍受蚂蚁咬我的脚指头、蝎子爬上我的腿。有一次还差点被角蝰蛇袭击。这些我都克服了，没想到最终却等来了你们两个来旅游的傻孩子，一过来就对着羚羊尖叫，好像它们是

宠物驴一样。"

"那个，我真的……真的很抱歉，"玛汀说，"我真不知道你在拍照！我只是不想让那两只羚羊伤到对方。对了，谁让你刚刚伪装成了青草。"

让她惊讶的是，那个男孩居然开心地大声笑了起来。他捂着肚子笑个不停。

玛汀有点恼火："有那么好笑吗？"

"伪装成草！我真希望我们族的长老们可以听到你这么说。他们觉得我是圣布须曼族历史上最没用的猎手和追踪者。也许吧，但我不在乎。我一直想成为一名摄影师，所以我从来不稀罕学那些东西，直到我父亲……算了，就算现在我真希望能掌握得了追踪技巧，但是也太晚了。"

"不会太晚的，"本安慰男孩说，"我正在学习追踪技术。如果你愿意的话，我可以展示一些技能给你看。"

听完这话，圣布须曼族男孩又止不住地大笑起来："你吗？你追踪什么？是在半夜去造访你们学校操场上的野人吗？"

小男孩上下打量着他俩，玛汀知道他俩现在在别人眼里是什么样子。"作为来旅游的孩子，你们还蛮好玩的，也蛮脏兮兮的。你们的宾馆没有淋浴吗？你们团里的其他人呢？我好像没有听到任何引擎声嘛。"

"我们遇到了一点麻烦。"本吐露道。

"只是一点点！"玛汀很配合地补充说。

"昨天早晨，我们从南非的西开普敦坐私人飞机来到这里。我们跟……朋友一起。他们把飞机停在几公里外的飞机场上，我和玛汀去爬沙丘，然后忘了时间，而他们也没有意识到少了我们，就把飞机开走了。"

男孩吃惊地挑起了眉毛问："你们的朋友没有注意到你们不在？即使飞机上只有几个人？"

"是的，没错，"玛汀说，"他们可能光顾着拍风景了，就像你一样。"

"等一下，让我来捋一捋。你们从南非千里迢迢飞过来，降落在纳米布沙漠中的机场上，然后决定独自探险。尽管很危险，可是没人反对。你们离开后，你们所谓的'朋友'把你们抛弃在四十摄氏度的高温中，没有水也没有食物，而他们就像什么事也没发生一样继续享受他们的假期？"

"其实没那么糟糕。"玛汀说道。

"啊，我觉得这已经非常糟糕了。如果有那样的朋友，谁还需要敌人？"

男孩看了一眼手表，说："好吧，我带你们去斯瓦科普蒙德小镇的警察局。开车过去大概需要六小时，但幸运的是我刚好会经过警察局。你看，你们破坏了我的镜头，但你们因此碰到了我，这对你们算是好事了吧？"

"我们很高兴可以搭顺风车，但你不用那么麻烦，不需要把我们送去警察局，"本迅速说，"你把我们丢在斯瓦科普蒙德小镇就可以了，我们会很快打电话把这事安排好的。"

"真的吗？"男孩问，"你们该不会有什么事没告诉我吧？你们不会就是法律上所说的偷渡的人或者逃犯吧？"

玛汀露出一个最甜美的微笑，说："我们只是普通的孩子，遭遇了我们生命中最糟糕的假期。"

"好的，如果你们坚持的话，"男孩从口袋里拿出钥匙，说，"让我们在天气变热之前出发吧，我的车就停在树后面。别担心，我知道我因为个子不高，所以看起来像是只有十五岁，但是我刚好满十八岁了，也有驾照，顺便说一下，我叫吉福特。"

"吉福特，"玛汀说，"真美的名字。"

一阵阴霾从男孩的脸上一闪而过："这名字是我父亲取的，但到目前为止，我没有感觉到我对他来说是一份礼物。他遭遇的所有都是我的错。不过那是另外一个故事了，很长的故事。还没问你们叫什么呢？本和玛汀？好的，本，玛汀，我们出发吧。"

15. 凭空消失

从错过了羚羊争斗的照片的失望里恢复过来之后，吉福特变得很友善也很健谈。当玛汀亲眼见到真正的圣布须曼族人后，她难以掩饰敬畏之情，即使吉福特跟她想象中的圣布须曼族人一点儿也不像，尤其是当吉福特把车里的饶舌音乐音量提高的时候。

玛汀花了好一会儿时间才从最初的羞涩里缓过来，但是之后她就忍不住一直问男孩关于圣布须曼族历史的事。吉福特对她的兴趣感到很吃惊，但还是极其乐意回答她的问题。他告诉玛汀，比起其他土著人，圣布须曼族人是如何得以在南非一直生存至今的，还有他们的壁画可以追溯到数千年前。

几个世纪以来，圣布须曼族人精于狩猎和采集，过着游牧生活，与大自然和谐相处，直到入侵者来了。19世纪，移民过来的南非白人和班图部落视圣布须曼族人为偷牛羊的窃贼、低等人，给圣布须曼族人的生活带来了巨大的压力和冲突，迫使族人离开自己赖以生存的土地，走进博茨瓦纳和纳米比亚的沙漠。圣布须曼族脆弱的社会体系开始土崩瓦解。

同时，还有很多其他种种原因，比如19世纪德国人殖民纳米比亚、战争以及长时间的民族独立运动，都在加剧摧毁他们原有的生活方式。

"如今，我们的部族四分五裂，存在着很多问题，"吉福特告诉玛汀，"这是我离开故土去上学的原因之一，我父亲希望我拥有比他和爷爷更好的生活。然而，这却成为所有麻烦的导火索。"

他停住了，没有继续往下说，同时也放慢了车速。车子颠簸着打着滑驶进了一个满是岩石的峡谷。玛汀把头探出窗外，享受着铺满脸庞的金铜色的晨光。眼前的景色从红色的沙丘变换到了辽阔干旱的平原，还有那连绵起伏的山丘。

沿途的风景惊艳无比。土地有时候是白色的，在蓝色的天际下闪着光；有时候变换成温暖的褐色，点缀着星星点点黄色的花朵；有时候又是黑色的，镶嵌着条状的矿物色，比如紫色、蓝色

甚至绿色。他们看到像非洲茅草屋一样大的鸟巢，有着很多出入口，黄色的鸟儿冲进又冲出。吉福特解释道，这是织巢鸟的家，可能有一吨那么重。有些重到会压断树枝甚至压倒整株树。

"为什么上学是所有麻烦的导火索呢？"本打破沉默，问吉福特，"你不想上学吗？"

吉福特沿着蜿蜒崎岖的山路小心地开着车。"我非常想上学，我的梦想是成为著名的新闻摄影师。所以，我想尽可能地得到最好的教育。"

"然而，当我去温得和克上高中的时候，问题出现了。我交到了很棒的朋友，这让我对我的家人和老朋友们有了不同的看法。每当假期回到村庄的时候，村里的一切在我的眼里都那么破旧不堪。包括我父亲在内的所有人似乎都那么无知愚昧，依然活在过去，他们根本不像是活在现实世界里。我跟我的父亲发生了很大的争执。有一天晚上，他告诉我他对我现在的态度很不满意，准备让我离开学校，我们因此发生了激烈的争吵。我责怪他毁了我的梦想。我赌气离开了家，逃进了沙漠，而后他来找我。"

吉福特停住了。玛汀好像看到一滴泪珠从他的脸颊滑落，吉福特转了个弯避过了一只跳羚羊，当玛汀再次回头看他的时候，泪水已经没有了。

"还是不提了吧，"吉福特一略而过，"我把这些告诉不会再见面的你们有什么意义呢？你们只是两个冒失鬼，很可能刚刚抢了银行正在出逃呢。"

"如果我们在逃，就不会选择如此炙热的沙漠荒野了。"玛汀告诉吉福特，"你看，我们还有很长的路要走，最好还是说说话。你逃进沙漠之后发生了什么呢？你父亲找到你了吗？"

吉福特棕色的强有力的手控制着方向盘。"这正是最糟糕的部分。第二天早晨我饿极了回到家，得知父亲出去找我了，我以为他几个小时后一定会回来，其他所有人都这么觉得，但是他再也没有回来。"

短暂的停顿后，吉福特继续说道："不仅仅是那天他没有回来，直到今天，他也没再回来。这是一年前发生的事了。"

玛汀瞪着惊恐的眼睛看着他："你的意思是，他就这么凭空消失了？"

吉福特全神贯注地看着前方的路，说："是的，凭空消失了。我们派出最好的追踪者去找他了，但是他们连一个脚印都没有发现。"

玛汀为他感到心痛。这个世界上最糟糕的事莫过于知道自己的父母亲遭遇了不测，这要比一概不知糟糕一万倍。

"警察怎么说？"本问。

"他们认为是被野兽吃了。他们也没怀疑有任何不正常的事发生。我父亲是族里最受爱戴的人之一，他是象语者。"

"我听说过马语者，"本说，"是那些有特殊天赋可以和野马或者受过创伤的马沟通的人。但是象语者是什么？如果你在野生非洲象耳边说话，它会把你踩死吧？"

吉福特从口袋里取出一个钱包，把它丢给玛汀，说："把里面的照片给本看。"

　　玛汀把照片从钱包里取出来，和本仔细地看着。照片上有个圣布须曼族人，和她在书上看到的一样。他站在两头大象中间，母象的鼻子卷在他的腰间，他的一只手搭在母象的鼻子上，另一只手搭在体形巨大的公象的象牙上，满脸都是幸福。

　　"那是野生大象。"

　　玛汀又看了看照片："你是说，它们是被驯服的野生大象？"

　　"不，就是野生的，伤人不眨眼。"

　　"但是，怎么可能呢？"玛汀把照片放回钱包还给吉福特。

　　吉福特收回钱包塞进口袋："在我父亲四岁的时候，沙漠象袭击了圣布须曼族。那时候发生了干旱，它们四处寻找食物。在袭击过程中，父亲被其中一头大象抓住了。我祖父母都以为他被拖走弄死了，但是三个月后却发现他还好好地活着，并和一群大象很愉快地生活在一起。他们费尽了力气想把他救出来，却震惊地发现他根本不愿意回家。"

　　"从那以后，他就可以和大象交流了。不管是不是认识他，大象们似乎都把他视为它们中的一员。至少，在他消失前一直是这样的。所以我深信他一定还活着，尽管大家都觉得我一定是疯了，但是我觉得大象们是不会允许他发生意外的。我一直相信有一天我能找到他，并发现他和大象们生活在一起。我真的很想念他。"

　　"不知道该怎么安慰你，但我知道你的感受。"玛汀告诉他。

"没有冒犯的意思，"吉福特简短地回答道，"但是像你这么大的孩子是不可能知道我的感受的。"

车里安静了好一阵子。他们经过一排低矮的金色沙丘，看起来像是被喷枪喷绘过，那么不真实，就像是电影背景。不久之后，他们到达了斯瓦科普蒙德小镇。波光粼粼的大海忽然出现在他们眼前，棕榈树在沙滩边排成排。

在占领纳米比亚期间，德国人修建了斯瓦科普蒙德小镇，所以镇上的建筑都是德国风格，极其干净，装饰精美。道路的名字都是像亨德里克·威特布尔街、鲁德兹街这样的。玛汀还看到了俾斯麦医疗中心。

玛汀用胳膊肘撞了撞本。本斜着身子对吉福特说："谢谢你带我们一程，吉福特，你救了我们的命。如果没有你，我们都不知道该怎么办了，我们欠你一个人情。但是从现在开始，我们自己就可以搞定了。你在这附近把我们放下吧，我们可以找到电话打给朋友。"

　　"当然可以。"吉福特回答道，但是他并没有停车，反而重重地踩了一脚油门。他加速绕过另一辆车，在红绿灯处做了次危险的急转弯，然后在警察局前"嘎"的一声刹住了车。

　　本试着拉动门把手，但是门被锁住了。

　　"很抱歉，我承担不起任何风险。"吉福特说，"你们看起来像是好孩子，但是很显然，刚刚关于你们的假期、你们的飞机和你们所谓的朋友，都是在说谎。你们有三十秒的时间告诉我真相，不然我就把你们送到警察局。"

16. 餐馆里的谈话

　　两个瘦瘦的，看起来让人不怎么舒服的警察，随意地把手搭在挂着手枪的腰带上，从车子旁踱步走过。其中一个在经过的时候转头看了一眼，向这辆车和车上的人投来怀疑的目光。

　　当玛汀想象到她外祖母在英格兰接到电话说她的外孙女和本在

斯瓦科普蒙德小镇的监狱里，被起诉通过私人飞机偷渡和未持有护照非法进入纳米比亚境内的场景时，血压不禁飙升。

"你说的对，吉福特，"玛汀说，"我们刚刚没有说实话。我们和家里吵翻了，然后逃了出来，我们也得到了教训，所以我们只是想打电话跟他们说对不起，然后回家。"

吉福特打开储物箱拿出手机问："电话号码是多少？我来帮你们拨。"

玛汀咽了咽口水说："我不知道。"

"你不知道你自己家的电话？"吉福特打量着本问，"那么你呢？"

"我们家没人，我父母出去旅游了。"

"好的，你们的三十秒用完了。我去叫警察，他们会处置你们的。"吉福特走下了车。

"等一等，"玛汀大喊，"对不起，我告诉你真实的故事吧。"

吉福特没有理会她。他从外面锁住了车门，径直走向警察局。车窗是电控的，所以根本没有办法逃出去。

"如果早知道我的假期会在纳米比亚的监狱里度过，我不会那么着急地拒绝去环游地中海的。"本说。

玛汀用力敲打着车窗。"吉福特，"她的喊声穿透玻璃，"如果有人威胁你要夺走你的家、你的一切和还有你所爱的人，你会是什么感觉？你难道不会说谎吗？你难道不会想尽一切办法去阻止这些人吗？"

　　两小时后，三人在吉福特的阿姨家冲了痛快的淋浴，然后坐在一个叫作"拖船"的餐馆里。这家拥有独特氛围的餐馆，是由以前遭遇海难的一艘拖船改建而来的，那一带的海域非常危险，被早期的探险者称为骷髅海岸。看着大西洋的水浪冲上码头，溅起的水花击打着餐馆的窗户，泛起灰色泡沫，玛汀一点儿也不吃惊。

　　"我要知道所有的实情，一点儿也不要遗漏。"吉福特一边说，一边吃着沾满柠檬汁和蒜泥的虾仁、巨大的芦笋以及玛汀和本从未见过的超级大份的炸鱼和土豆片，"如果你们再说谎，那么下个月就在这里洗盘子来抵这顿餐费。"

最终，玛汀和本把整件事的来龙去脉都告诉了吉福特。玛汀说了那场让她父母丧身的大火，说了自己移居非洲的故事。但是她决定隐瞒格蕾丝的预言，因为连她自己都还不知道这个预言是什么意思，说出来似乎毫无意义。

　　吉福特听完了整个故事，满脸同情："对不起，我之前说像你这样的小孩是不可能理解我所经历的。很显然你是可以理解的。"

　　本继续说着故事。他告诉吉福特，有个阴险的男人有一天突然出现，声称亨利·托马斯已经把萨沃博纳作为债务担保签字转让给他，并且要求玛汀一家人和保护区的工作人员在不到两周的时间里搬离保护区。本和玛汀非常坚决地要保住萨沃博纳，所以他们来到纳米比亚调查这个企图夺走他们一切的男人，这似乎是唯一的选择了。

　　"你知道他在哪里做生意吗？"吉福特问。

　　"不知道，"玛汀承认说，"我们猜测他可能拥有几个旅游民宿，但是我们也不是很确定。几年前，他送给我外祖父一头来自达马拉兰的沙漠象。这头象受了很严重的伤，我们有一个野生动物救护站，专门救护受伤或被虐待的动物。那个男人说这头大象来自一个倒闭了的动物园。"

　　吉福特皱了皱眉头："有点奇怪，我自己就是从达马拉兰来的，那里也是我父亲失踪的地方。纳米比亚没有动物园，如果这个地区有动物园开园了或者倒闭了，我肯定会知道的，因为我父亲有关于沙漠里每一头大象的详细记录。"

"还有一个疑点是，为什么这个男人要把一头受伤的大象运送出国。我们国家就有很多医院或者救护站，那根本没有意义啊。"

他稍稍停顿了一下，塞了满嘴的炸鱼后，继续说："那个男人

听起来像是一个彻头彻尾的恶魔。他叫什么？也许我听说过他呢。"

"他叫詹姆斯，"本告诉他，"鲁宾·詹姆斯。"

一听到这名字，嘴里塞满食物的吉福特噎住了。咽下去的鱼肉跑进了气管里，他猛烈地咳嗽起来，感觉需要一整瓶水才能恢复。过了好一阵子，他才缓过劲来。

"那不可能。"他声音嘶哑地说，眼泪直流。

"为什么不可能呢？"玛汀困惑极了。

吉福特又喝了口水，继续说："因为你们描述的那个男人听起来肮脏无比又铁石心肠。但是，我从小就认识的鲁宾·詹姆斯却恰恰相反。他是环保主义者，投了一大笔钱保护沙漠象。我父亲失踪的时候，是他组织了所有的巡逻队进行搜救工作。他支付了我所有的学费，也为我争取到了一份在当地杂志社当自由摄影师的工作。"

"鲁宾·詹姆斯是我认识的最好的人。"

17. 圣布须曼族传说

是安吉尔拯救了这一整天。

第二天清早，玛汀坐在斯瓦科普蒙德的沙滩边，喝着咖啡，吃着著名的德国黑森林蛋糕厚片，心里觉得这件事真是讽刺，那头在萨沃博纳一心想伤害他们的大象竟然在纳米比亚间接地拯救了他们。也许本是对的，也许安吉尔只是针对鲁克。这让玛汀产生了很多疑问。

事情的发展是这样的。吉福特把关于鲁宾·詹姆斯的消息看得很重，他原本已经准备好开车把他们送回到警察局，仅仅是因为他们谴责了这个男人。即使玛汀指出，吉福特在还不知道玛汀他们描述的人是谁的时候，他自己已经把鲁宾·詹姆斯定义为"彻头彻尾的恶魔"，但他依然不愿意接受自己的良师益友也可能有缺陷的事实。

这时候，本重新叙述了他们在飞机上无意间听到的对话，玛汀接着说了安吉尔袭击鲁克的事。

当吉福特听到鲁克这个名字的时候，紧蹙的眉头舒展开了。他坐直了身子问道："你是说，那头鲁宾·詹姆斯送给你外祖父的沙漠象认出了鲁克，还攻击了他？"

"没错，"玛汀说，"鲁克丢弃夹克才得以逃生，安吉尔把衣服狠狠地踩烂撕碎，好像非常恨它。"

吉福特点点头说："我了解安吉尔的感受。鲁克非常阴险狡猾。鲁宾·詹姆斯在的时候，他满脸堆笑，彬彬有礼，先生长先生短。鲁宾·詹姆斯一消失在视线外，他就变得目中无人，粗暴无礼，看见狗就要踢，对圣族人永远是恶语相向，总是暗示说我们都是窃贼、是醉鬼。没人能理解为什么鲁宾·詹姆斯会把他带在身边。"

"还有令人奇怪的是，安吉尔似乎在它离开纳米比亚之后的几年里一直记得他。几乎可以肯定的是，鲁克曾经对它做过一些残忍的事。仅仅这个理由，就足以让我准备好帮你们了。至于你们在飞机上听到的，我肯定事出有因，我不相信鲁宾·詹姆斯卷入了任何骗人的勾当。"

玛汀和本在餐桌边已经累得睁不开眼，他们非常感谢吉福特可以让他们吃饱并同意帮助他们去争辩，还给他们提供了住处。吉福特的阿姨一点儿也不介意这两个年轻的陌生人在她家的地板上睡了一夜，当他们在早餐之前离开时，甚至已经帮他们洗干净了衣服。

玛汀坐在沙滩上，把最后一块巧克力蛋糕塞进嘴里，又看了一眼时间，现在是早上六点。吉福特出发去加油买水之前，把玛汀和本放在安东咖啡店，并叮嘱他们在采购完日用品后在"拖船"餐馆附近和他碰头。他们马上又要开始一次长途行驶了。

清晨的海雾笼罩着斯瓦科普蒙德小镇，海面灰蒙蒙、阴沉沉的。棕榈树摇动着发出"吱嘎、吱嘎"的声音，似乎叹着气。玛汀又向本挪了挪，挤一挤似乎更暖和。他们一起分享完了玛汀杯子里的最后一点咖啡。

"你注意到了吗？"玛汀问本，"事情是怎么回到安吉尔身上的？安吉尔几乎就是知道鲁宾·詹姆斯在做什么和他试图掌控萨沃博纳的原因的关键。如果我们能弄清楚发生在安吉尔身上的故事，知道鲁宾·詹姆斯为什么一开始把它送给我外祖父的原因，我们就可能解开鲁宾·詹姆斯的秘密了。"

本把咖啡杯递回给玛汀，说："真有趣，我的想法跟你一样。贯穿整个故事的线索就是大象的传说。"

吉福特突然出现在他们身后，他这种悄无声息突然出现的习惯还真让人不适应的。"什么？大象会说话？"

"对呀，大象们很可爱，"玛汀打趣道，"甩着鼻子就像会说话。"

吉福特晃了晃手里的钥匙，说："确实如此。各位，我们得上路了，我已经迫不及待地想回到达拉兰啦。"

　　一路向北的这段路，远没有去斯瓦科普蒙德小镇那么有趣，但是沿路的荒凉依然有其独特的魅力。他们沿着骷髅海岸行驶了整整一个小时，但整个海面依然被笼罩在海雾里。当他们把阴霾的天气抛在身后转入内陆之后，玛汀发现心情立刻变得愉悦起来。

　　接下来的三个小时，他们行驶在广阔崎岖的沙漠上，偶尔有几处装修豪华的民房，或是贩卖闪闪发亮的粉色石英石和豹纹石头的

货摊整齐地排在路边。他们在其中一个货摊前停了下来，玛汀拿起一块粉色石英石的时候，分明感受到石头中有一股温暖的力量散发出来。

　　吉福特给了商贩一箱水。这个男人来自赫雷罗族，在手镯等饰品的衬托下，他那褐色发亮的皮肤显得更加锃亮了。他招呼茅

草屋里的妻子出来接待客人，当那个女人身后跟着三个小孩出来的时候，玛汀张大了嘴。女人身上那夸张的五颜六色的穿衣风格让她看起来像是维多利亚时代的传教士，亮黄色香蕉状的帽子纵向戴在头上。

她向玛汀和本解释，几个世纪以来赫雷罗族的女人都是这么穿戴的，这是骄傲的象征。

玛汀低头看看自己破旧的牛仔裤和T恤，感到有些难为情。她环顾四周，看着这片在强烈的阳光炙烤下的不毛之地，简直无法想象这位赫雷罗族母亲是在哪里找到食物和水的，并把一切照顾得这么好。

"我们的国家变成了沙漠，如果要责备谁的话，那也只能是我们自己。"卖石头的商贩告诉玛汀，似乎清楚她心里在想什么。他朝吉福特点点头，继续说道："如果他是圣族人，也许他可以告诉你原因。"

"圣布须曼族有一个关于纳米比亚缺水的传说。"吉福特向本和玛汀解释道，"据说很多年以前，我们的祖先非常穷。他们悲痛地抱怨着生活无比艰苦，其他什么也不想，只是祈祷让他们可以变得富裕。他们确定只要富裕了，生活就会完美了。所以上帝实现了他们的愿望。上帝凝结了纳米比亚所有的河和所有的湖，把它们变成了钻石。"

"现在，我们有很多钻石和其他珍贵的矿石，比如铂。"石头贩卖商接着说，"纳米比亚是非洲最富有的国家之一，但是，我们却没有水喝。"

在小商贩再次感谢吉福特他们提供了水之后，玛汀一行人继续上路了。地平线上出现了一片紫色的山脉。沙漠消失了，草地出现了，他们翻过山来到了山的另一边。前方的路一直延伸着，看起来根本没有尽头。头顶上，天空中的白云像泡泡，变幻莫测，就像让人看得眼花缭乱的万花筒。

下午早些时候，吉福特指着远处一座巨大的石头山，自豪地说："那是我的家。"那山有点像玛汀和本在津巴布韦马托博遇到过的。

玛汀和本交换了一下眼神。即使他们在把日用品从车上卸下来，又跟着吉福特在山石间走了好长一段陡峭的山路之后，依然没能看到任何有人居住的痕迹。他们绕过了一块山石，在山石边休息的时候，无意间看到了一个漂亮宁静的山谷，山谷里有三个茅草屋圆顶。圆顶下有两个当作卧室的帐篷，后部有淋浴，还有一个带戏水池的客厅。

看到玛汀和本吃惊的表情，吉福特咧嘴笑了。"我们家族已经在这片土地上生活了好几代了，我父亲总是说要在这里建一栋房子。在杂志社工作的时候，我攒下每一分钱想用来造房子。鲁宾·詹姆斯非常友好，他安排了他民宿里的一些工人，帮我盖起了房子，支起了帐篷。其间，我们历尽千辛万苦，比如凿洞取水，但现在看来，这一切都值了。这是我父亲最喜欢的山谷，因为这里是很多沙漠象的聚集地。他回来的时候，我希望他可以回到一个特别的家。"

那些帐篷，虽然造得都很简单，但是用非洲棉和木头装饰得很有爱，玛汀看着看着就开始热泪盈眶。吉福特的父亲走失在世界上环境最恶劣的沙漠之中，但是他的儿子却始终坚信他们会重逢。他始终在用现在式谈论他的父亲，就好像他的父亲随时可能出现在眼前。

那个黄昏，玛汀、本和吉福特坐在高高的平坦的圆石上，看着太阳沉落到山下。岩石泛出橘黄色的光，天空的云穿上了粉红色的蕾丝边，山谷像是铺上了一条巨大的翡翠色丝绒毯。玛汀再一次想起了这个圣族男孩的勇气，这使她坚信，尽管困难重重，她一定会再次看到杰米和外祖母的。想到这里，她甚感安慰。

吉福特起身去给烧烤加火，顿时火星飞溅，本只是说了一句："从明天开始，只有五天了。"

　　玛汀当然知道本在说什么，还有五天就是平安夜了，那是他们保住萨沃博纳的最后期限，外祖母也会在那天从伦敦飞回来。五天的时间里，他们要调查鲁宾·詹姆斯的生意，把安吉尔身上的谜团揭开；五天的时间里，他们要解开格蕾丝的预言；五天的时间里，他们还需要想出如何在身无分文、没有护照的情况下回到千里之外的风暴十字路口镇。

　　他俩不约而同地回过头去看吉福特。此刻，吉福特正背对着他们，把鸡肉放到烧得嘶嘶作响的烧烤架上。玛汀感到胃里一阵翻滚，就像是坐在一个下降速度过快的电梯里。他俩只剩下不到一周的时间去创造一个近乎不可能的奇迹，而且只能完全依赖于一个陌生人——这个人的工作和房子还都是他俩即将调查的那个男人提供的。

18. 仙女圈

　　吉福特的家如此宁静神奇。第二天早晨，玛汀躺在床上欣赏着阳光把眼前的山体勾勒出金色的边，喝着本拿给她的用炭火烘焙的咖啡，玛汀想象着有一天她也可以拥有这样一个可以远眺非洲山谷的帐篷。只是很快，当她尝试在室外用一桶冰水冲澡差点引发了体温过低之后，这个梦想就在她脑子里消失了。自此，她发誓余生一定要住在萨沃博纳她外祖母的茅草屋里，因为那里有源源不断的热水供应。

"除非斗智斗勇战胜鲁宾·詹姆斯，否则这一切都不会发生。"一个声音忽然在她脑子里响起来，但是她不想听。她实在不愿意在如此美好的早晨去细想远在南非的那个灾难。

吃完两个煎鸡蛋配烤吐司的早餐，他们开始寻找沙漠象。吉福特提醒过他们不要抱太大的希望。尽管沙漠象体量巨大，但是很难被发现，因为它们每天都要去寻找食物和水源，而这对它们而言意味着长途跋涉。

"这是很难得到象群数量的精确数据的原因之一。"吉福特一边说着，一边刹车让车前一群跳羚羊先过马路，"在我父亲失踪之前，他就已经留意到象群中不断有成员消失的现象，好像没有任何原因，而且失踪的都不是病象或者年迈的象。因为这些失踪的象都来自他跟踪了多年的象群，所以毫无疑问，这里正发生着一些事。年轻的健康的象就这么在象群里消失了，明明今天还能看到，第二天却不见了。"

"就像象语者消失时那样。"玛汀心想。她摇下车窗，看着那模模糊糊泛着淡黄色的草地、蜿蜒延伸的红色的路和远处紫色的山脉。非洲的景观如此妩媚迷人，真是难以置信那些毒蛇、有毒的植物、毒蝎子、猛兽甚至是炙烤的阳光交织而成的悲剧正在慢慢靠近。

"我父亲警示过当局，"吉福特的视线扫过树林寻找着大象的踪迹，继续说道，"但是没人把我父亲的话当回事，除了鲁宾·詹姆斯，他还加强了对偷猎的巡逻。大家一直告诉我父亲，大象一定是渴死或饿死了，象群里的其他大象把它们埋葬了。"

"大象还有墓地？"本吃惊地问道。

吉福特扑哧一声笑了出来："不，不，这只是游客间流传的错误说法，但是它们确实会举办葬礼。有时候它们会举起同伴的尸体，就像是送葬队伍，然后用泥土或者树枝、树叶将尸体埋了。不管怎么说，最后大家的定论是全球变暖杀死了大象。"

"全球变暖？"玛汀有些困惑，"你是说，因为我们的汽车、飞机和工厂污染了地球，所以导致了地表温度升高？但是，这跟大象的消失又有什么关系呢？"

"科学家和政治学家似乎一直在争论全球变暖是不是存在。"本说。

"不要在意政客的说辞，因为他们只是努力争取竞选的筹码。"吉福特说，"一些科学家确实声称全球变暖不存在，但是大部分科学家一致认为地表温度的升高会导致两极冰川融化、海平面升高，还会导致疾病和极端天气的增加。"

"如果极端天气变得越来越频繁，纳米比亚的干旱会变得史无前例地严重，沙漠象就会濒临灭绝吗？"玛汀猜测说。

"确实如此，现在我们已经看到这个迹象了。但是，我父亲并不觉得是食物和水源的匮乏导致这些大象消失的。因为对他来说，消失的大象太明确了，总是每个象群里最年轻力壮的，但是他也找不到任何偷猎的证据。"

"看起来就像是，达马拉兰这里也有一个'百慕大三角'。"本评论道。

"百慕大三角是什么？"玛汀问。

"百慕大三角地处佛罗里达海峡区域，附近有巴哈马群岛和加勒比海域，大量经过那里的飞机和船只就此消失，然后再也看不见也找不到，就像是被大海吞噬了。多年以来，很多气象专家和超自然现象方面的专家都尝试探寻是什么导致了这一切的发生，但是很多消失的现象完全没有办法解释。"

"我不了解这些，"吉福特说，"但是我确定这两件事是有联系的。我是说，我父亲的失踪和消失的大象。奇怪的是，我父亲失踪之后就再也没有大象消失过了。"

本插话说："吉福特，后退后退，检查一下那棵树，我确定我看到了大象出没的迹象。"

吉福特继续把车往前开，虽然他很喜欢本和玛汀，但是他仍把他们看成是对沙漠一无所知的来旅行的孩子。他开玩笑地说："把追踪的任务交给我吧，城市来的小孩，大象是不会来这么南边的地方的。"

玛汀暗自发笑。这几个月来，本一直跟着腾达伊学习追踪之术，用追踪者的话说，在读取信息方面，也就是在获取动物经过时留下的痕迹方面，本展现出了极大的天赋。腾达伊也说，本有潜力成为他见过的最好的追踪者之一。

两小时后，玛汀脸上的笑容消失了，耐心也消失殆尽。很显然，吉福特在追踪方面就像是刚见面时开的玩笑一样弱。他们连大象尾巴上的毛发也没见到。

吉福特瞥见了玛汀一脸不耐烦的表情，大吼道："如果你和本，你们俩觉得可以做得更好，那你们自己去找大象吧。"

本一句话也没说，只是笔直地坐着看向前方。吉福特不情愿地把车开回到树边，他第一次注意到树皮被剥落了，树枝也被折断了，而这往往表明这里曾有大象经过。他们一到那儿，本就跳下车在附近找到了大象的踪迹。玛汀和本一起盯着那些踪迹，大气也不敢出。她无论如何也无法接受这个事实，这些重达七吨的家伙可以只在地表留下如此轻浅的痕迹，它们轻盈得仿佛舞者。

"那边！"本用很权威很冷静的语气说，并指向已经干涸了的河床。

尽管吉福特的脸上写满了敷衍，他还是照做了，然而，当本迅速地发现一处又一处大象踪迹的时候，他的不信任变成了敬畏。当他们最后发现沙漠象就在跟前的树林里啃食树叶的时候，玛汀看出吉福特对她的朋友多了一份尊敬。但是他并没有承认，嘴上说道："我本来就计划来这里检查的。"

眼前，一头公象和聚集在一丛树阴里的象群分开了，独自沿着尘土飞扬的山路往前走着，它的双耳警醒地扇动着。作为首领的母象把小象们聚在身边。

现在该是吉福特出手的时候了。这个圣族男孩了解大象的行为。他父亲把自己所知的一切都教给了他。

"对于年长的大象来说，一个象群就像是一个移动的托儿所和家，"他一边笑着告诉玛汀和本，一边在离象群有一段距离的地方，把车停了下来，并关掉了引擎，"这是一个彼此相互关心的群体。每一个家族成员都有它们自己的称呼，就算是相隔十公里之远，大象通过特有的叫声都能找到彼此。"

"腾达伊说它们的孕期长达两年。"本说。

玛汀盯着车窗外这群庞然大物："那应该会很不舒服吧，尤其是当你知道小象是那么巨大。"

吉福特笑着说："是的，但是大象得到的帮助比大部分人类多。小象出生时会被安置在一个保护圈里，助产士会站在边上，所有的大象都会一起照顾小象，包括喂养。海豚也是这样的。海豚助产士甚至会帮助新生儿到水面上进行第一次呼吸。"

玛汀和本沉默了好一会儿。他们都想起了在莫桑比克的岛上和海豚一起游泳的时光，那是他们的另一次冒险。

看着眼前那头首领母象笨重地行进着，本说："如果让大象去游泳，它们应该会沉到湖底吧。"

"实际上，"吉福特告诉本，"除了鲸鱼和海豚，在哺乳动物的王国里，大象是最擅长游泳的。它们会在岛屿间游上三百里，仅仅为了嬉戏。"

在萨沃博纳，玛汀一直觉得大象是迟钝的，是看起来很古老的生物，神奇又高深莫测。它们的全部活动似乎就限于吃树叶和在水边撒欢。而吉福特指点给她看，就算是它们最微小的一个动作都会有含义。

"你看那边的那头小象，它正把那根小木棍当作苍蝇拍。大象的大脑结构很复杂，拥有不可思议的推理能力，它们善于使用工具来让任务变得更加简单。它们会用咀嚼过的木头堵住河床上的洞，这样水就不会流失，因此它们还能再来喝。它们会把树连根拔起，

推倒带电的围栏。在很多故事里，它们还在破坏了铐链之后假装仍被链在一起，以逃过追踪者或者报复曾经对它们施暴的人。"

玛汀又一次想起了安吉尔，疑惑到底是谁或是什么伤害过它。

"有意思。"本说，"每次我看到可爱娇小的小动物，像小拉布

拉多犬，或者大型而温柔的动物，比如海豚、玛汀的长颈鹿——杰米，我想做的就是去保护它们，确保没有什么可以伤害它们。但是，大象似乎可以自我保护。它们体形如此巨大，皮又这么厚，我从来没有想到它们会像我们一样思考，或是有相似的情感。"

"狩猎的人通常都觉得动物被杀的时候，它们根本不知道发生了什么，但是，大象对事物的感知能力就像我们人类的感知能力一样强烈，"吉福特确定地告诉本，"它们有一样的情感：爱、恨、愤怒、骄傲、欢乐、嫉妒和绝望。目睹过自己父母被杀的象宝宝会从噩梦中惊醒尖叫。"

玛汀——这个在父母死后经历过许多噩梦的女孩，对大象有了全新的认识。在此之前，她对萨沃博纳的大象关注得太少。尽管她几乎每天都能看见这群敏感又聪明的巨兽，却对它们几乎一无所知。接下来，一切都会改变的。她会尽己所能让大象的生活变得更好，她打算就从安吉尔开始。

当车子驶过平原时，他们充分感受到了象群的雄壮，这时候吉福特看到了天鹅绒般的百岁兰。他说这是世界上最古老的植物，他们一定得去看一下，有一些据说已经存活了几千年了。

玛汀很清楚地意识到时间就像沙漏里的沙一般溜走，心烦意乱地提不起一丝兴趣，更何况这草还长得这么丑。一对沙鸥的叫声吸引了她的注意力，她好奇地凑过去看看它们。就在这个时候，她注意到了红色沙土形成的一个圈，这个圈的最大直径大概有杰米躺下来的长度那么长，周围非常规整和光滑，没有任何植物生长的痕迹。

她小心翼翼地触碰了一下，地面非常结实，土壤很温暖也很脆。她抓起一把沙土任沙子在指间流动，除此之外，什么也没有发生。没有让人眩晕的闪电，也没有任何生命迹象的改变。

"吉福特，"她喊着，"你知道这个怪圈的事吗？"

他跑过来说："当然知道，这是仙女圈。"

"仙女圈？你们纳米比亚人相信仙女吗？"

吉福特笑了："我觉得没人会相信它们是被真的仙女创造出来的，但是也没人知道它们从哪里来。它们不知从哪里就冒出来了，有点像英国和美国的麦田怪圈。有人觉得它们是由白蚁或是放射性的花岗岩造成的，也有人说，很多年前这里有一片大戟属树林生长，树木死后污染了土壤。"

"你认为呢？"本问。

"我觉得这是小绿外星人造成的，"吉福特开玩笑说，"它们是外星人的降落物！"

"你一直在说'它们'，"玛汀打断吉福特的话问道，"难道这附近还有一个怪圈吗？"

吉福特无奈地挠了一把额头，似乎是听到了有生以来最愚蠢的游客的提问，他示意玛汀和本跟上自己的步伐，然后爬上了一个崎岖的小山丘。短暂的爬坡让他们到达山顶时已经大汗淋漓，吉福特舞动着胳膊指向另一边那片满是草地的平原。玛汀凑上前大口地喘着，在视线所能及的范围内有着数以百计的怪圈。

"圆圈会指引你找到大象，"格蕾丝告诉过她。

"是哪个圆圈？"眼前的一切让玛汀陷入了绝望的境地。

19. 蝴蝶亚天堂

他们调查的下一站是鲁宾·詹姆斯的旅游民宿。吉福特和那边的一个导游是朋友，他觉得这个朋友也许能知道一些安吉尔的过去。但是，当问到民宿主人的时候，这个导游有点不太愿意合作。"你们调查鲁宾·詹姆斯是浪费时间，"导游告诉他们，"你们查不到什么的，你们看，现在可是你们的假期呢。"

一路上，玛汀没有说话，她还没有从仙女圈的打击中缓过神来。她再一次隐隐地觉得她和本在错误的时间出现在了错误的地方。原本抱着希望来到纳米比亚，想着也许能侥幸找到保住萨沃博纳和动物们的最后方法，但现在看来一切可能都是徒劳的，他们可能已经让格温·托马斯失去了保住萨沃博纳的机会。

一想到接下来会发生的事，玛汀不禁全身打战。如果外祖母回到保护区，意外得知不仅她的外孙女和本失踪了几天，而且还没人报警，她会暴跳如雷的，她会觉得有责任给远在地中海环游的本的爸爸妈妈发送消息。答应过要照顾玛汀和本的格蕾丝会遭遇她生命中最大的麻烦。腾达伊本来就怀疑格蕾丝的预言，如果发现这个巫医鼓励玛汀头脑发热地冒险去拔掉那根所谓伤到她的"刺"，他一定会气得脸色铁青。

再回到这个预言本身。格蕾丝的预言总是晦涩难懂，但是最近这个预言不是让人误以为很简单就是完全错误。圆圈并没有把玛汀引到大象身边。恰恰相反，是大象把她带到了圆圈边。

更重要的是，她非常担心杰米和可汗。萨沃博纳的大地上布满了鲁宾·詹姆斯雇用的工人。万一有人打起了白色长颈鹿或者稀有的金钱豹的主意，要偷走它们呢？

吉福特的说话声打断了玛汀的思绪："欢迎来到蝴蝶亚仙人掌的天堂。"

玛汀把头探出窗外，看到车子正开在一条用碎石铺成的环形车道上，车道两边种着仙人掌，这些生长在沙漠里的紫色和猩红色的花朵围出了民宿的名字。

"对于宾馆来说，这真是个奇怪的名字。"本说。

"我觉得不错啊。"吉福特一边说，一边把车停到了牧羊人的树下，大家一起下了车，"那些长得很丰满的仙人掌是南非蝴蝶亚属植物，圣布须曼族人把它们叫作'可巴'。几千年来圣族人都用它制作食欲抑制剂和解渴饮料。跟黄瓜那么大的一片仙人掌能让一个有经验的狩猎者活一周。"

"这些仙人掌到处都是，"玛汀说，"我怎么感觉我们好像已经至少有一个世纪没有吃早饭了吧。"

吉福特从口袋里掏出一把刀，切给他们每人一片仙人掌，并用破布包着，以免手被刺伤："吃完之后，要不我们去宾客休息室等吧？那边有我的大象摄影展，我去跟朋友们打听打听你们大象的消息。"

"我们的计划是什么？"一直等到吉福特走出几丈远，听不见他们讲话的时候，本才问玛汀，鼻子和嘴巴因为仙人掌汁液的苦涩都挤到了一起，最后发现汁液在唇齿之间留下了一股清新的甜甜的味道，顿时又舒展开来，"我们到底在找什么？"

"我也不知道，"玛汀一边承认道，一边用吉福特提供的印有茶树花纹的擦手巾擦着手。"只要找到詹姆斯走私钻石、虐待动物、雇用奴隶劳动力或者其他罪行的证据——反正只要是证据就行。我们为什么不分开行动，看看能不能找到些什么有用的呢？"

"这听起来不错……玛汀！"

"什么？"

"小心你身后。"

玛汀没体验过五星级酒店，但是毫无疑问，"蝴蝶亚天堂"是最接近奢华的一个词。游泳池看起来像是直接由海蓝宝石融化而成的。晒成深褐色肤色的客人们优雅地躺在泳池边，只是用布盖着身体，把装有冰块的饮料杯摇晃得叮当作响。有人手里拿着望远镜看着远处水潭边喝水的斑马。服务生手托着盛满水果、贝壳类海鲜和沙拉的托盘轻盈地穿梭其间，快速收走带有装饰伞的鸡尾酒空杯。

尽管刚刚吃下去的仙人掌让玛汀不那么饿了，但是面前这么多的美味真是太诱人了。当她经过一盘无人看管的盛满异国风味的水果和坚果的时候，实在忍不住偷偷地抓了一把椒盐杏仁塞进嘴里。一个服务生注意到了她，然后笑了。几分钟后那个服务生走过来，很友好地递给玛汀一盘切好了的菠萝。

玛汀一直以为自己会被当作骗子被赶出去，结果并没有人注意到她，她坐下来吃起了菠萝，就好像在吃甘露。吃完后，她感谢了服务生，然后起身走向写着"温泉浴场"和"礼品店"的长廊。

每走一步，她都希望可以找到一些可能保住萨沃博纳的线索。

但是这个民宿里的一切看起来都那么环保，那么光明磊落。店员们面带温暖的微笑，心满意足地做着他们的工作。客人们看起来都沉浸在幸福之中。如果这里都是窝赃之地，纳米比亚不会再有一个地方比这里看起来更不像窝赃之地了。

她绕过一个拐角，突然看到了鲁宾·詹姆斯。此刻，他正向她迎面走来，但是注意力都集中在他身边正在讲话的人身上。

玛汀想逃走，但是四肢突然沉重无力，让她动弹不得，大脑运转速度也降了一半，好似快要没电了。最后关头，她跳进了一边的礼品店。

从商店后面的一个小办公室里传来一个声音："亲爱的，等我忙完手上的事，我马上过去为你服务。如果你想试衣服，更衣室

是空的。我叫特蕾莎。如果需要帮助的话，大声喊我就行。"

"谢谢你，特蕾莎，我会的。"玛汀说。

就在鲁宾·詹姆斯即将再次出现在视线内的时候，玛汀从衣架上抓起几件 T 恤迅速冲进了更衣室。不久之后，她就听到了詹姆斯兴奋的招呼声在外面的停车场上响起。她站到一条小凳子上，透过换气扇的缝隙偷偷地望出去。只见詹姆斯把手搭在吉福特肩上，祝贺他办起了摄影展。吉福特站在一旁微笑着。

从玛汀的角度只能看到詹姆斯那同伴的部分身影，那人在吉福特离开的时候问詹姆斯："你是真的很关心那个男孩吧？你是怎么看中他的？"

"很简单，"鲁宾·詹姆斯迅速地回答，"首先，因为吉福特不知道的事情不会伤害他；其次，不久之后我就会让一切恢复正常；最后，因为我酝酿着更大的计划。我所做的一切都是为纳米比亚的人民好。"

"嗯，当然，"他的同伴拖长声音说道，"你是全心全意的。"

"看看你周围，"鲁宾·詹姆斯激动地说，"你难道没有看到，对原先生活在水深火热的沙漠里的部落和动物来说，全球变暖已经带来了毁灭性的威胁吗？"

仅仅一个早上，"全球变暖"就被提到了两次，玛汀很吃惊。她竖起了耳朵，不想错过一个字。

鲁宾·詹姆斯继续说："你看不出来，'方舟计划'将要改变包括那个男孩在内的成千上万人的生活吗？"

"我能看到这个计划会改变你的银行账户金额。"

"以及你们的。"

"还不一定。"那个陌生人说道。他稍稍地移动了一下，露出了后脑勺和宽阔的肩膀，他的头发的颜色是乌鸦翅膀那样闪亮的蓝黑色。"但是，我不会假装自己要拯救这个星球。"

他歪着那乌黑发亮的脑袋，像是在研究着他对面的那个男人——詹姆斯。"我想知道的是，对于可能发生的灾难性的后果你们准备好了吗？你们准备好迎接战争了吗？"

鲁宾·詹姆斯愤怒地吼起来："你在说什么呢，科伦姆？不会有战争的。"

"你确定吗？你可以保证吗？无论如何，我记得你告诉过我，你已经准备好要承担一切的。我可不愿认为你在最后关头还跟我撒气。我可能会采取严厉的措施——可能会，会收回那笔贷款。"

鲁宾·詹姆斯轻蔑地看着他说："我所说的一切都是认真的，我会承担一切后果。但是，这一切结束后，我都不想再看到你们。"说完，他钻进了一辆造型优美的银色轿车疾驰而去，留下一团尘土。

更衣室外的陌生人目送着詹姆斯离开。"别担心，"他的声音非常轻，以至于玛汀差点没听到，"你不会的。"

似乎感觉到了有人正盯着他，这个陌生人突然转身，直直地盯着通风口看。

玛汀笨拙地从凳子上跳下来，匆忙中撞翻了凳子。

"你那都好吗？"特蕾莎大声问。

为了赢得更多时间，玛汀大声回应道："T恤都很好看，但是我想试试小一码的。"

一只涂着大红指甲油的棕色的手伸进帘子，把衣服从玛汀手里拿走了："我说呢，亲爱的，这些都是男士的加大码。你穿上都可以当裙子啦。我去库房看看有没有孩子的码。"

礼品店一下子安静下来。玛汀飞快地转动着脑子，"你准备好战争了吗？"这句话在她的脑海里一遍又一遍地盘旋着。她得告诉本，如果够快的话，她可以在特蕾莎回来前冲到停车场。她拉起了窗帘。

一个男人站在收银台前，半侧着身子背对着玛汀，看起来就跟上一次在萨沃博纳看到的人一模一样——不好，是鲁克！

20. 脱险

玛汀猛地把窗帘拉上，铜圈发出了尖锐的声音。"鲁克注意到我了吗？"她想他可能已经注意到了，但又不是很确定。

几秒钟的时间就像几分钟那么漫长，礼品店里一片沉寂。玛汀紧贴着小隔间的墙站立着，祈祷特蕾莎快回来，但是，特蕾莎好像是一去不复返了。忽然她听到了脚步声，不是女售货员的高跟鞋的嗒嗒声，而是男人的鞋故意踩出来的沉闷声，声音从收银台那边传来，由远及近，在更衣室门口停住了。

玛汀的心跳几乎随着脚步声一起停了。她可以听到鲁克的呼吸声。突然，鲁克掀开了窗帘。

玛汀大声尖叫起来。

一个红褐色头发的达马拉兰女人冲了进来，玛汀认出那是特蕾莎，吉福特就跟在后面。玛汀瞥见本紧跟在他们后面，但是他第一时间看到了鲁克并迅速逃开了。

"鲁克你疯了吗？你这是什么意思？你吓坏我的客人了！"女售货员责备道。

"就是，鲁克，你疯了吗？"吉福特模仿特蕾莎的口吻说道，没能忍住伺机取笑了这个他讨厌的男人。

鲁克怒视吉福特："我认识这个女孩。"他粗鲁地指着玛汀，告诉特蕾莎，"她从南非来，是个脾气很差劲的巫师。她可以让野牛起死回生，还能让大象追杀我。"

特蕾莎气得涨红了脸："你在胡说什么呢，鲁克？一个年轻的姑娘可以让野牛复活，还命令大象追你。你是喝多了吗？"

"我认识她，"鲁克坚持说，"她骑着白色长颈鹿。"

"别荒唐了，鲁克，"吉福特说，"这是安娜，是我温得和克一个朋友的妹妹。她跟她的家人一起住在民宿里。"

鲁克撑圆了本来就凸起的双眼，挑衅地抬起下巴，说："不是安娜，她是马克辛，不，不，是玛汀。她从南非来，从詹姆斯先生的新的狩猎公园来。"

"鲁克，你刚刚也听到了，吉福特说了这姑娘是他温得和克的一个朋友，"特蕾莎声色俱厉，没能忍住脾气，"她也是詹姆斯先生民宿里的客人。你说她是什么动物魔术师，骑着长颈鹿，还能命令狮子和大象啥的，简直是胡说八道。如果你还想在詹姆斯先生手下继续待着，我强烈建议你向这位年轻的女士道歉，并整理好自己的情绪，回去工作。"

"抱歉，我错了。"鲁克吼道，丝毫没有悔过的意思。他没精打采地从礼品店离开，玛汀听到他的嘀咕："可恶至极的女巫医，我不会忘记的。"

"安娜，请接受我最真诚的道歉，"特蕾莎尴尬地说，"我也不知道他怎么了，他有时候可能会有点古怪，但是今天他看起来有点精神错乱。"

"没关系的，"玛汀一边安慰她，一边急着要离开，免得鲁宾·詹姆斯等会儿过来调查这件事情，"认错人很正常的，他很显然对那个叫马克辛的女孩有怨恨。"

"玛汀。"吉福特在一旁帮腔。

"亲爱的，让我补偿你一下吧。"特蕾莎主动说，"这里有你喜欢的东西吗？要不，我送你一件蝴蝶亚天堂的T恤？"

"真的不需要。"玛汀嘴上说着，心里感觉自己就像一个骗子。她可不想要打着她敌人宾馆广告的T恤。

但是特蕾莎坚持要玛汀拿些东西，玛汀犹豫着挑了一块特蕾莎用来当作镇纸的粉晶。但特蕾莎说，粉晶并不是出售的商品，只是她在路边捡到的石头。

玛汀怀疑这块石头比特蕾莎说的值钱多了，但她还是一脸感恩地接受了它。如果她还能再见到外祖母，这个可以当作送给外祖母的礼物。玛汀坚定地告诉自己，她一定还会见到外祖母的。

再次感谢特蕾莎的慷慨心意之后，玛汀和吉福特离开了礼品店。走到长廊之后，吉福特压低了声音说："刚刚太危险了，我想我们最好在你有更大的麻烦前离开。你叫上本，我得去前台看下我订的相机镜头到了没有。"

吉福特穿过院子走开了。本从一个棕榈树盆栽后走出来。

"本，你看到发生什么了吗？"玛汀大声叫出来，"鲁克认出我了，他像神经病一样攻击我。"

"现在不要去想了，"本说，"我有东西要给你看，还不想让吉福特知道。"

如果是平时，玛汀一定会感到很受伤，觉得本不够关心她，但是她立刻意识到本是有了什么发现，因为本看上去很兴奋。

本一边留意着鲁克——在礼品店发生冲突之后，他一定会像蛇一样易怒——一边把玛汀带到吉福特办大象摄影展的宾客休息室。在休息室里，三个女人正坐在角落里喝着茶吃着松糕，但是她们太专注于聊天，连头都没有抬一抬。

那是一幅幅象群的照片，记录的是大象一天的日常活动，从黎明的第一缕阳光开始，到夜幕的降临结束。吉福特把它们整理在一个环绕房间的全景照片里。从照片中可以看出大象丰富多彩的群体

生活和每一头大象的情绪。

"本，这些照片很棒，但是你确定我们有时间看吗？"

本示意玛汀看日落前的三张照片，说："不会花很长时间，你注意到这些照片了吗？"

遭遇了礼品店的一幕之后，玛汀很难专注起来："嗯，我不知道，我觉得照片不错。"

"你看到大象们有何异常？"

"它们看起来就跟正常的象群没两样。本，我们得走了。"

本耐心地提示玛汀："仔细看，第一张和第二张照片里有 16 头大象，而第三张照片里只有 15 头了。"

"所以呢？" 玛汀查看了一下门外，总感觉鲁克会夺门而入，"照片拍摄的间隔时间有五到十分钟，可能有一头大象溜去吃树叶了吧。"

"有可能，但是只有消失的那头大象是年轻的公象。在第一张和第二张照片里，它都跟大部队保持一定距离。它在大背景里，所以如果只是扫过照片的话，你是注意不到它的。第三张照片里它消失了，其他大象似乎在四处辗转，好像很烦躁很痛苦。"

本停顿一下，继续说道："你再看看第二张照片，它走过的路上有什么。"

玛汀眯起眼睛看了一眼照片："仙女圈！"

"我想，"本说，"我们找到了'百慕大三角'。"

21. "方舟计划"

"'方舟计划'？"吉福特重复说，"鲁宾·詹姆斯这么说的吗？"

"我想是的。"玛汀答道。问过吉福特后，玛汀了解到拍摄大象的地点位于颓废方丹的石器时代岩石雕塑附近的平原上，她建议大家是不是可以过去看看。

"我在通风口听到的，"玛汀继续说，"但是我很肯定他说的就是这个名字。他说起全球变暖，说起他所做的一切都是为了纳米比亚的每一个人好。"

"我跟你们说过吧。"吉福特说，"你们都愿意相信詹姆斯是骗子，就因为他买下了你们的保护区，所以你们感到很愤怒，但是你偷听到的话却可以证明他是一个慷慨大方的人。'方舟计划'听起来像是某种环保计划，或许这是他在建的新宾馆的代号。"

"但是，对我来说，那听起来像是世界末日计划。"本自言自语道。

吉福特如此袒护他的朋友，让玛汀觉得心里很不舒服："这不能证明任何事，首先，他并没有买下萨沃博纳，而是骗我外祖父签字让出的……"

"你不知道。"

"还有，那个跟他在一起的男人，那个有着像乌鸦羽毛一样蓝黑头发的男人……"

"我以前没有见过他。"

"他指控你的詹姆斯先生假装保护地球，其实只是为了钱。"

吉福特放慢了车速，转弯上了一条通往岩石山脉圈的碎石路："那也不能证明什么。詹姆斯是个生意人，他必须保证这个项目能赚钱。"

玛汀只要告诉吉福特那些他还不知道的事，比如鲁宾·詹姆斯跟科伦姆说过"吉福特不知道的事情不会伤害他"以及他试图"让一切恢复正常"这样的话，就可以轻松打破吉福特的美梦。她本可以告诉吉福特，詹姆斯企图发起"战争"，但是她不能这么做，至少现在——在他们没有更深入调查前——不行。她很喜欢眼前这个圣族男孩，是他拯救了他们，她不想让他痛苦，尤其是她可能误听或是误解了鲁宾·詹姆斯说的话。

她深吸了一口沙漠里清新的空气，决心不再暴躁："你说的对，这不能证明什么。"

这时，吉福特的手机响了。他看了一眼信息，说："是相机镜头送到宾馆了，我要回去拿一下。我把你们放在接待中心的咖啡厅，我离开后你们可以在那吃点东西，然后去参观石器时代的石刻。"

他把车停在一个依山而建的低矮的石质建筑物前。此刻正是下午三点左右，仿佛是在烤箱里一样，沙漠的热浪在玛汀下车的瞬间吞噬了她，像是可以把她活活烤死。

"等一等，"吉福特正要开车离开，玛汀说道，"你找到机会问你的导游朋友了吗？他知道安吉尔过去的事吗？"

"很可惜，他不知道。他从来没有听说过达马拉兰有动物园，要说有，也只有一个，而且已经停止营业了。但是他说了一些你可能感兴趣的事。三四年前，他刚刚工作没多久，有一次去找詹姆斯先生，正撞上詹姆斯先生因为鲁克虐待动物而和鲁克发生激烈的争吵，但是我这朋友不知道他们说的是什么动物。他之所以会记得这件事，是因为鲁克后来找到他并告诉他，如果把那天不小心听到的告诉别人，那将会是'大错'，他会被炒鱿鱼。"

吉福特看了一眼手表，说："我真的得走了，我们等会儿说。"

"什么时候？"吉福特掉转车头的时候，玛汀大声喊道，"你什么时候回来啊？"

吉福特应该是没有听到她的叫喊声，他对他们比了个"一会儿见"的口形，转头就开车走了。热浪像一条毯子一样再一次裹到他们身上。

本在烤好的芝士西红柿三明治上撒上盐和胡椒粉，三明治是接待中心咖啡厅一个面带微笑的厨师做的，吉福特出的钱。本咬了一口，然后在一张达马拉兰的明信片背后开始列单子。"我们有一百万个问题，但是这些是最重要的，"他说，"第一，鲁宾·詹姆斯是萨沃博纳的合法继承人还是诈骗高手？"

"诈骗高手。"玛汀立刻回答说。

"我们应该要像真正的侦探一样客观，"本提醒她说，"虽然我也不喜欢他，但是吉福特对他的评价很高，我们必须考虑到这点。"

玛汀用力搅动着她那杯名为"和平"的饮料——这是一杯新鲜的南非茶，由橙汁、柠檬汁、肉桂混合而成——其用力程度之大引得隔壁桌的一对游客夫妇侧目而视。对她来说，如果鲁宾·詹姆斯卷入了一些可能引发战争的爆炸性事件，那么他真是一如她一直以来认为的那么邪恶。吉福特走后，玛汀把她在蝴蝶亚天堂看到的那一幕的所有细节都告诉了本。

"听起来似乎是那个叫科伦姆的男人在要挟鲁宾·詹姆斯，"本说道，"好像是他想违背鲁宾·詹姆斯的意愿挑起战争，但是也许他们讨论的不是一场真的战争？也许那只是一种表达方式，因为情绪激动，所以措辞严厉了而已。"

玛汀还是没有被说服。"真希望外祖母在英格兰收听广播的时候，不会听到新闻说纳米比亚陷入战争，而我们都被炸成了碎片。"

玛汀继续说："也许你清单上的第二个问题是：如果鲁宾·詹姆斯和科伦姆发动了战争，那么他们是要攻击谁呢？"

本潦草地将这些都写下来。"第三个问题：我们还需要知道'方舟计划'究竟是什么，跟全球变暖有什么关系。"

"第四个问题是：是谁闯入了我们在萨沃博纳的家，他们要找什么？"玛汀插话说，"啊，我们还得找出大象传说的真相，但是我敢打赌吉福特的朋友不小心听到的对话是关于安吉尔的。"

"最后一个，"本说，"仙女圈是导致大象失踪的原因吗？比如通过慢性放射病，或者饥荒（全球变暖），或者外星人，又或者突然消失（例如百慕大三角）？"

本把明信片推到玛汀面前。"我们现在得到的是越来越多的问题，一周的努力白费了，我们没有找到任何一个答案。"

玛汀一边读着清单，一边小啜了几口饮料，然后说道："就好像是有人向空中扔了几万片拼图，我们都不知道完整的图片是什么样的，就想把它们拼起来。"

"而且我们只有四天了。"

"四天。"玛汀沮丧地说. 有时候任务之艰巨会让玛汀备受打击。

本吃完了烤三明治，又浏览了一遍清单说："这里有个图案，我们刚刚没有看到。"他看了一眼手表，"真奇怪，吉福特怎么还没有回来，我们百无聊赖地干坐在这里，一点意义都没有。去看看那些岩石雕塑吧，也许会给我们一些灵感。"

他们启程踏上了去观看石器时代艺术家的作品的路，玛汀一下子来了精神。那些没有经过雕琢的石头，在某种程度上比雕琢过的更加让人沉醉。岩石中镶嵌着旋涡、圆圈和洞洞，仿佛是被海浪和狂风雕刻出来的。

"这就是所发生的一切。"他们的导游艾迪森说。艾迪森是一个精瘦的男人，把卡其色管理员制服穿戴得很整齐，一眼看上去只有三十岁，其实已经六十岁了。多年的导游工作并没有让他丢失对工作的热情。他看着正玩弄着明信片的玛汀说："今天天气很热吧？"

"是的。"玛汀满怀热情地回答。

艾迪森笑了。"你相信吗？几百万年前，这里整片都被冰雪覆

盖。是不是觉得不可思议？只是后来，极地冰川融化，海平面升高……"

"那不就是现在正在经历着的全球变暖吗？"本说，"极地冰川融化，然后海平面升高？"

"就是这样，"艾迪森赞同本的说法，非常乐于引导如此聪明的一个孩子，"只有在那个时候，全球变暖才是好事。气候越来越暖，许多种动植物在新形成的江河湖泊和沼泽边茁壮成长。我们认为在一亿八千万年至两亿年前的侏罗纪时代，当时恐龙还活跃在颓废方丹，这片区域还是沼泽湖。"

还差三个月才满十二周岁的玛汀，发现自己无法理解脚下的这块砂岩石块已经有几亿年那么老，就跟曾经在它周围缓慢踱步的恐龙一样古老。这一切让她感觉到，自己不过就像一粒沙子那么不起眼。不管她和本能不能保住萨沃博纳，大岩石依然会屹立在那里——十有八九会再立一亿三千万年。

沿着这条路一直深入，有很多断裂开的砂石，为石器时代的艺术家提供了完美的雕塑原料。正是在那些岩石上，艺术家们雕刻出了大象、犀牛、狮子、鸵鸟和羚羊这些栩栩如生的形象，而玛汀开心地发现雕塑家们最青睐的动物形象似乎还是长颈鹿。艾迪森解释说，对于远古时代的艺术家来说，长颈鹿是雨的象征，通常它们的出现会伴随着彩虹和云朵。

眼前这么多的长颈鹿再一次触动了玛汀的思乡情绪。她太想念杰米了，这感觉就像是心底里延绵不断的不得安生的疼痛。在纳米比亚的每一个小时里，她都处在可能无法再次见到杰米的恐惧里。为了那点渺茫的希望，她很可能正在浪费生命里最后的和她心爱的白色长颈鹿在一起的宝贵时光。

她真想知道此刻杰米在做什么，有没有想起她，有没有想念她。她希望安吉尔可以说服它乖乖地藏在医院里，远离保护区那些窥视它的陌生人，直到她回去。最好可汗也还独自生活在狭窄的隧道里。玛汀和外祖母曾经发誓要让这只金钱豹在保护区远离危险，但如果她们连自己都没法在保护区里生活下去了，那还怎么保护可汗呢？

这些想法在玛汀的脑海里一遍遍地回旋。

这些石刻也让她想起了萨沃博纳的记忆洞穴，但是那边的画是用圣布须曼族的染料画成的，像是牛胆汁和铁。而达马拉兰的图像是古代的艺术家们煞费苦心地在岩石上凿出的，已经有两万年了。

就在玛汀和本仔细观察的时候，他们注意到了砂石里刻着一些圆圈。"艾迪森，"玛汀喊，"这些是仙女圈吗？石器时代的艺术家们有关于这些怪圈怎么来到这里的说法吗？"

导游走过来说："那些不是仙女圈。它们是月亮谷的石刻——一个死火山口，当地人认为那里有鬼神。"他指着说，"你看，从这里就能看到。"

顺着导游手指的方向望过去，远方延绵不绝的紫色山脉上有一座形似烟囱的黑色山头。

"当地一个商人，叫鲁宾·詹姆斯，正在那边建造自然绿洲，很多人认为这很不明智，因为这冒犯了神灵。"

玛汀震惊极了，说："你刚刚是说鲁宾·詹姆斯在那边修建自然绿洲？"

艾迪森目光犀利地看着她问："你认识他？"

"我们不喜欢他，"玛汀回应道，但不愿意深入叙述她和本是如何认识他的，又是为什么认识他的。

艾迪森深有同感地点点头说："我自己不太确定对这个人的感觉。他为这里的人和动物做了很多善事，但是这个新项目，肯定有问题。因为这个项目给当地人造成了很多的不愉快。"

"我以为詹姆斯在这里非常受欢迎。"本说。

"是的，他曾经非常受欢迎，对很多人来说现在依然是这样。

但是宾馆的建造引发了很多争议。为了建绿洲，他需要很多被达马拉兰人叫作'Ui-Ais'的淡水泉。'Ui-Ais'的意思是'很多石头聚集的水源地'。几千年来，这里的人和动物都依赖于这个泉水生存，但是现在泉水濒临干涸。"

"还不止这件事。达马拉兰的就业率很低，然而那里的工人却没有一个是当地人，他们都是从很远的地方来的，像是温得和克和埃托沙，或是赞比亚和博茨瓦纳。"

"我明白为什么会造成那么多不满了。"本说，"这个绿洲会在什么时候开放？"

"很快，但是说实话，我觉得不会开放。有传言，詹姆斯正陷入巨大的债务危机中，并且日渐严重，但是在我看来，这不是唯一的原因。"

玛汀瞟了一眼山谷。在被沙尘笼罩的平原上，一辆卡车正快速驶向月亮谷，然后渐渐消失在阴霾里。"那么是为什么呢？"

艾迪森捡起一块光滑的石头放在手里把玩。他降低了嗓音说："也许这话太重了，但是我敢肯定这个项目有猫腻。有传说，如果你抱怨那个建筑，或是抱怨它太靠近水源，或是问太多关于月亮谷的问题，就会遭遇不测。我们这里有一个生活在达马拉兰的象语者，就在一年前失踪了，甚至都没有留下任何足迹，无处可寻。"

当艾迪森提到吉福特父亲的时候，玛汀看到本惊讶地睁大了双眼。

"他最后一次被看到就是在月亮谷的门口。"艾迪森补充说。

22. 逼近真相

一直到太阳下山，吉福特还是没有回来。接待中心也关门了，玛汀和本在不远处的小山丘上找到了一个休息的地方，从那里他们可以看到停车场，看清路况，也不会引起任何准备离开的员工的注意，免得员工中可能有好心人坚持要打电话告诉他们的父母。

"这也太不公平了，他让我们在这里等了好几个小时，"玛汀一边抱怨道，一边缩到她的 T 恤里。就好像是某个开关被关上了，沙漠刺骨寒冷的夜晚正在降临。"他到底去做什么了？你觉得有没有可能，他正在宾馆里吃着大餐？等他出现的时候，我一定要狠狠地骂他一顿。"

"如果他能出现的话。"本说。

玛汀盯着本，心想很有可能这一切都不会发生了："但是他必须回来，他答应了要帮我们的，应该不会在这里把我们丢下吧？"

"谁知道呢。他也不欠我们什么。很显然，我们正在调查一个他尊敬和喜爱的人。他为什么要帮我们呢？我们自己也身陷麻烦之中，从某种意义上说，我们是非法进入纳米比亚的，我的父母和你的外祖母都不知道我们在这里。也许他已经决定在对的时机摆脱这个麻烦。我们可能再也找不到他了。"

"但是我们知道他住在哪里。"

"我们知道吗？你能再次定位到那个地方吗？我们应该问他电话号码的，但是我没有想到我们会需要。"

玛汀又有了一个想法，说："本，如果他有不测呢？如果他回到宾馆，被潜伏在那里的可怕的鲁克袭击了呢？因为礼品店事件，鲁克可是很想报复他的。那个人太阴险了，到目前为止我无法相信这个人，为什么鲁宾·詹姆斯会雇用他呢？"

"这就是我想说的，"本说，"我们得到的只是越来越多的问题，是时候找到一个答案了。"

很难说他们俩到底是谁先想到要去调查月亮谷的，但这都无关紧要了。现在他们只需要知道，他们是赌上了自己和萨沃博纳的命运来到纳米比亚，并在吉福特身上下了"赌注"，又追踪着鲁宾·詹姆斯。如果他们开始了却没有得到结果，一切都会是徒劳。

一个又一个小时过去了，他们死死地盯着不远处，希望吉福特的车灯会照亮接待中心的停车场，然而实际上没有任何东西点亮这布满星星的黑暗。他们蜷缩在太空毯里取暖，轮流打着盹。凌晨三点，本的闹钟响起，他们站起身来，浑身僵硬，酸痛无力，瑟瑟发抖又万分焦急。他们吃了一小口仙人掌肉，驱赶难以忍受的饥饿和口渴，但是除了为他们的朋友感到焦虑不安，也只是无可奈何。

吉福特一直不出现可能有两种解释，但没有一个是好的。要么是吉福特故意把他们丢在接待中心决心抛弃他们，认为那里的员工会救他们或是会报警；要么是他自己遭遇了不测。玛汀已经在脑海里勾勒出了吉福特在很滑的碎石路上翻车并倒在路边流着血的场景。

"如果我们可以给吉福特留言的话，我会感觉好很多，"本说，"万一他会回来找我们。"

玛汀出神地望着那平坦漆黑的山谷和那一圈黑色的山脉。月亮高高地升起，星星眨着眼闪烁着。"我想到一个办法，可以给他留言！"她想起吉福特提到过沙漠里的人们在没有电话和电脑的情况下的交流方式，继续说道，"帮我找些你能找到的最亮的石头。"

几分钟后，他们在沙漠里留下了第一份留言——一只用石头拼成的白色长颈鹿，长长的脖子指向他们将要去的方向。他们计划每走几百码就留下一个记号。

他们穿越平原向前行进，手电筒黄色的光在灌木丛和岩石间照出一条通道。

本一边走着，一边说道："我们没必要这样的，你知道，我们可以现在转身回到接待中心。是的，我们也许会招来很多麻烦，他们会呼叫警察，格温·托马斯会勃然大怒，而我爸妈将不会再允许我离开他们的视线。但这些都是值得的，因为那样我们就安全了，我们可以活下来。"

玛汀瞥了一眼身旁的本，说："你真的想转身回去吗？"

"只有你转身回去了，我才会。"

"那么，我不回去。只要有机会，哪怕是一丁点儿的机会去月亮谷，我要找到鲁宾·詹姆斯究竟在做什么的真相，然后保住萨沃博纳、杰米和可汗，那都是我必须要做的……喂，你看到了吗？"

火山口被点亮了，仿佛火山活过来了。与此同时，他们听到了一阵低沉的隆隆声，就像远处的响雷。之后火山口又黑了下去，一切又恢复了平静。

"太棒了，"玛汀说，"好像是我们还走得不够深。现在我们可以期待被重燃起来的火山烧成灰了。"

本笑着说："几乎不可能的，那可能是我们在飞机上看到的炸药造成的人为爆炸。比起被橙色的火山岩浆活活烧死，你应该更希望被炸到半空中吧？"

"这是我的选择吗？"玛汀问，"好吧，让我想想，还有另外一种选择，我可以把你打一顿。"

玛汀握紧了拳头追着本，两人在沙漠里笑着跑着，暂时忘却了他们的麻烦。

他们来到了一个仙女圈边上，本说："我敢肯定，这就是吉福特照片里大象消失的地方。我记得岩石的分布，因为它们看起来就像一张没了牙齿的笑脸。"

玛汀有些困惑："本，这里有成百上千个仙女圈。即使你的假

设是对的，又意味着什么呢？"

"好吧，什么也不是，除非你能想通为什么吉福特的父亲，以及不止一头大象都是在非常靠近月亮谷的地方消失的。"

"本，你这个想法太疯狂了吧，虽然我不能忍受鲁宾·詹姆斯，但是你现在正在指控他绑架了约瑟夫，这是一个很严重的罪行。"

她转头看向火山口，黑色的山坡在他们眼前若隐若现。火山口

发出一阵磷光，就像是足球场里亮起的灯光。"吉福特不知道的事情不会伤害他。"玛汀想起鲁宾·詹姆斯谈到吉福特时曾这么说过。不久之后，他那个有着像乌鸦羽毛颜色一样头发的同伴几乎是勒索他，说他不顾一切保证"方舟计划"成功。那样的人当然不会为任何事停下来。

玛汀关上手电筒，"我觉得我们最好非常小心地前进。"

23. 勇闯月亮谷

当玛汀和本沿着火山口那粗糙的边缘匍匐前进的时候，天逐渐亮了起来。他们看起来像是在煤矿里待了一周，浑身脏兮兮的。他们想过要从大门进去，但是大门有他们身高的三倍高，是用非常坚固的铁铸成的，在火山口竖立着。门口还有两个带着狗的警卫守卫着。

他们缓慢地前进着，早已习惯了黑暗的眼睛几乎被火山口下面投来的刺眼的光亮灼伤了。玛汀用手挡住眼睛，从指缝间看出去。最初她所能看到的全部都是发出嘶嘶声的白色光带。当眼睛终于适应过来的时候，她倒吸了一口气。眼前的一切并不是她期待中想寻找的真相。她以为自己会看到一片混乱的建筑工地——起重机、混凝土搅拌机、脚手架到处都是，工人们忙成一团。她甚至曾疯狂地想象过，能看到装备齐全、训练有素的士兵，为科伦姆所说的"战争"做着操练准备。当艾迪森说起鲁宾·詹姆斯打算建一个绿洲的时候，她的脑海里浮现的是，三棵疲惫不堪的棕榈树正弯腰站在一

个混凝土浇成的水池边，树上放了几只假的粉红色火烈鸟让树看上去有点生气。

她从没有想象过眼前这派景象：热带丛林里挂满了开满花的藤蔓，木质走道交错其间，或是水晶蓝的喷泉，或是满地的非洲野花，上空飘浮着七彩的云朵，本拿出小望远镜才看清楚这些"云朵"其实是闪着宝石般明亮色泽的蝴蝶。她绝对没有预见到，在树冠上可以用木头和玻璃造出这么现代化的宾馆，或像英国城堡里才会有的那种迷宫，并有一种美丽的动物——獾㺢狓穿梭其中，獾㺢狓是长颈鹿的近亲，后腿上有着斑马一样的条纹。

她从未想象过他们会在非洲最不可能遇到"天堂"的地方意外

看到了"天堂"。

"你猜那边发生了什么？"本问。

玛汀顺着本的目光望去，在山谷的尽头，透过树林几乎看不太清楚的地方有一个不透明的圆顶的白色物体，看上去像是一个巨大的高尔夫球。

"它看起来很像我父母曾经带我去过的在康沃尔的一个地方，那里有个'伊甸园项目'。那里看起来很像'方舟计划'，那里的圆顶建筑物都是大规模的温室，里面有雨林、瀑布，以及各种东西，他们现在正在那里做的可能就是类似的事。"

渐渐退去的夜幕中出现了一抹红色，就在这个时候，一群鸟儿绝妙的合唱声飘到他们耳边。一个穿着防护服的园丁出现了，开始料理起野花。

"噢，"玛汀说，"噢，噢，噢！"

"我糊涂了，"他们爬回斜坡的时候，玛汀对本说，"每一次我觉得鲁宾·詹姆斯是坏人海德先生的时候，他就变成了善意之身基尔医生。"

玛汀在松动的岩石上滑了一跤，本伸手稳住了她："到底什么意思？"

"我的意思是，每一次当我觉得他就是一个绑匪或是骗子、强盗、大象偷猎者的时候，他总会做一些出乎意料的事。就像那次他把他新的路虎车借给我们，让我们及时救助了生病的野牛。然后是这次，月亮谷难道不是你见过的最有诗意的地方吗？我没有看到任何大象。我快绝望了，时间一天天过去，我们却找不到任何鲁宾·詹姆斯做坏事的证据，这就无法阻挡他接管萨沃博纳了。"

"他在月亮谷所做的一切确实让人很震撼，"本说，"但是有很多事情是不能加起来一起算的。如果他同时拥有月亮谷、蝴蝶亚天堂，或者还有其他地方，为什么他还要如此着迷于接管萨沃博纳呢？萨沃博纳对我们而言是特别的，但是像这样的保护区有千千万万，然而他就要萨沃博纳。别着急，我们还会找到关于鲁宾·詹姆斯的线索的，但是我们得找到一条进入月亮谷的路。"

"我们为什么不仔细看一下交货区域呢？"玛汀建议说。早些时候，他们看到一块红色字母标识牌把司机引到一个卸货区。司机一到那，就用那里的电话通知场地的办公室。

"是的，我们去看一下卸货区。"本说，"可能那边会有货物等着运去月亮谷，我们可以藏进箱子里，然后进入月亮谷。在电影里，这招总是很管用。"

他们绕着火山口边沿一直跑，一直跑到山谷对面大门的位置，玛汀估计这儿跟那个白色圆顶一样高。卸货区是一个立在圆形区域内的破旧的库房，周围的碎石上布满了深深的轮胎印。

"如果这是库房要地，为什么没有人看守呢？"玛汀低声问道。

"有可能没有必要看守，"本告诉她，"如果货车卸下来的货物几分钟后就被运到月亮谷，那么货物全程都在被监视的状态下。"

为安全起见，他们多等了一会儿才缓缓靠近库房，但是没看到任何人。就像本预料的一样，库房是空的。水泥地被打扫得非常干净。墙上有一幅被框起来的海报，海报里的大象正在向前冲。门边有一张桌子和一把椅子。桌上放着一部很脏的黑色电话机、一块附有纸夹的笔记板和一支钢笔。边上还有一个告示，提示来访者"拨打9呼叫场地办公室"。

"我们可以打电话，然后说有一个快递。"玛汀说。

本盯着大象的海报看："风险太大，回报太小。我没有信心让自己在电话里听起来像一个五十岁的纳米比亚卡车司机。玛汀，你不觉得他们把这间满是灰尘的破旧库房布置成这样很奇怪吗？"

玛汀坐到椅子上，开始翻阅笔记板上的纸。纸上记录着，几天前有面包、牛奶、肥料和二十瓶药送到这里来。玛汀认得药物的名字，但是却记不起这些是用来干吗的。她随口回了本一句："也许他们想让自己显得热情好客。"

"或者是隐藏些什么。"本把海报往边上推了推，后面露出了一个绿色操作杆，"玛汀，来看这个操作杆，上面的油很新鲜，好像是经常使用的。真奇怪，这是用来干吗的？"

他使劲拉了一把那个操作杆。

"不要！"玛汀大声惊叫道，但是太迟了。只见本脚底下的地板门突然打开了，他还没反应过来，就掉了下去。玛汀只瞥见本惊慌失措的脸，随后他就沿着陡坡翻滚着掉了下去，整个装置发出咕噜咕噜的响声，最后地板门又关上了。

目前为止，玛汀只有两次感受过极度的恐惧，每次像是掉进了冰窖。第一次是那个火灾的夜晚，第二次是她掉进有大量鲨鱼出没的那片海域的时候。现在她再一次感受到了。

这不可能发生。她不可能眼睁睁地看着她最好的朋友消失，也不可能独自留在纳米比亚的沙漠中，没有食物，没有水源，没有钱，没有护照，也没有交通工具。

这一切都不可能发生——但是，她发热的大脑告诉她，这一切都发生了。

现在，她面临的选择只有两种：要么走回接待中心等着开门，然后尝试报警，但是警察有可能因为她非法入境而逮捕她，并拒绝她的求援请求；要么也拉动绿色操作杆，跟随本一起掉进洞里，然后可能再也出不来。

她心里清楚哪个选择更加明智。她也知道至少需要四十五分钟才能跑回接待中心，而她现在已然因为饥饿和口渴而非常虚弱，因此她跑回去所花费的时间会更多。而彼时，她最好的朋友，有可能正在洞底承受着折磨。这个时候，玛汀意识到自己多么爱他，就像爱杰米、外祖母、格蕾丝、腾达伊和可汗一样。

那里到底会有什么等着他呢？玛汀想象下面可能是一条挤满食人鱼的地下河，也可能是一口通往地球炽热中心的无尽的井。但即使是那样，都好过落到鲁宾·詹姆斯和科伦姆的手里。

所以明智的选择有了，这是她应该做出的选择，本是她最好的朋友，她可以为他做任何事。对玛汀来说，这一点毋庸置疑。她找来一些浅白色的石头，然后在库房后面的地上堆成了另一个白色长颈鹿。她祈祷着，也许会发生奇迹，也许吉福特能看见。

天空中的颜色绚丽多彩，有粉色、灰色和橙色，玛汀回到了那令人窒息的库房里，拉动操作杆。装置发出的声音像是叹了一口气，好像拒绝再送进去一个受害人。玛汀的心中充满了恐惧。

地板门突然又打开了，玛汀被吞了下去。

24. 受伤的男人

玛汀实在不理解，为什么过山车这么受欢迎？为什么有人会不管不顾，愿意让自己成为"人肉炮弹"迅速下降，而且心跳快得就像要从胸腔里跳出来？不幸的是，此时此刻她正经历着这样的感受。

她咬紧牙关，俯冲进了一个银色的陡坡道，当经过拐角时手脚无助地胡乱挥动着。时间就像在牙医那儿那么难熬。补牙的时候，牙医通常会身体前倾拿着钻了倚在她的下巴上，跟她聊着他们全家在沙滩边的假期，而护士冲水的时候还会冲到她的鼻子上，真是度秒如年。她真希望时间能像她跟白色长颈鹿杰米在一起时那样飞快地流逝。当她在保护区跟杰米共处的时候，晚上就在眨眼间过去了。

玛汀从管道里弹出来时，就像是软木塞从瓶口弹出，然后重重地掉在地上，庆幸的是她掉在了垫子上。柔软的着陆区域可以防止易碎品损坏。如果说现在玛汀有什么感受的话，那就是觉得自己碎了。

她掸了掸身上的灰尘站起来，发现自己处在一个亮着霓虹灯的房间里，里面只有一个酒店用的清理房间的手推车、一个水槽和一排被挂起来的白色外套。房间有门，但是没有窗户。一部铁质的扶梯一直升到头顶天花板的舱口。她努力猜想本可能是从哪个出口走的，而这时门外响起了脚步声，同时，一只手捂住了她的嘴。

"玛汀，不论做什么，都不要尖叫，"是本在她耳边小声地说，"我会把门堵住，现在你赶紧爬上梯子。"

玛汀从惊恐中缓过神来，赶紧按照本要求的做，很快就听见钥匙插进了门锁的声音。虽然本在门那里堵了一根扫帚柄，但是当他沿着梯子爬到上面见到晨光的时候，门已经打开了一条缝。

离他们不到五十英尺的地方，有两个园丁正在装饰迷宫。幸运的是，他们正在说话，而且修剪树篱的机器发出的嗡嗡声让他们没有听见其他任何声响。玛汀和本匆匆欣赏了一番绿洲的美景。那里有一坛坛鲜艳的花、幽静的蓝色喷泉、挂满藤蔓的一直向白色屋顶延伸的森林，还有在树枝间若隐若现的宾馆，就像我们看到的居民区式的鸟巢。然后他们潜入了迷宫。

再一次，他们好像蒙混过关了。他们跑过湿润的绿色通道，一遇到死胡同就原路返回。他们希望能够在想到方法之前尽可能地远离那些园丁。树篱像城堡的墙那么厚，除了那不绝于耳却令人愉悦

的鸟鸣声，几乎能把一切噪音隔离开来。

"你知道最奇怪的是什么吗？"本小声说，"我们到这里之后没有看到一只鸟，却听见它们叽叽喳喳叫得很大声，我们好像走进了鸟类养殖场。"

"可能它们藏在丛林里。"玛汀虽然嘴上这样说着，但是她手臂上的鸡皮疙瘩都起来了，心想月亮谷一定有诡异的地方，不可能这么完美。

她纳闷獾狮狓在哪里。一想到獾狮狓，玛汀就想念起杰米来，胸口开始隐隐作痛。还有多少天或者多少周，她才能看到杰米呢？她可以再次见到它吗？

本挤过树篱间的狭窄通道，又忽然停了下来，跟在后面的玛汀猛地撞到了他身上。只见迷宫正中央的场地上有一张桌子，铺着上过浆的白色桌布，上面放着闪闪发光的银器和洁白如玉的瓷盘。盘子里是丰盛的早餐：水果、杏子汁、水、精选的奶酪和火腿，以及一篮子面包。边上还有一个篮子倒扣着，里面的食物——黄油牛角包、巧克力片、香蕉坚果松饼和粗粮面包——撒满了一桌子。

獾狐狓一开始并没有注意到他们，它把前蹄放在桌上，欢快地吃着松饼。当它看到他们的时候迅速跳开了，像是充满负罪感，留下一路的面包屑。

桌子边只有一张椅子，也就意味着只有一个餐位。

"我们想到一起了吗？"本问。

玛汀笑了。"嗯。我的第一感觉是，这一定是鲁宾·詹姆斯的早餐；我的第二感觉是，现在它是我们的了！"

"玛汀，你真懂我。"本伸手拿了一个面包卷，涂满厚厚的黄油和草莓酱，还给自己倒了一杯杏子汁。

玛汀一口气喝下了两杯水，吞了一个巧克力味的松饼和一个蘸着黄油、蜂蜜的牛角包，心满意足地说道："你要知道，要是我们就这样被抓了，也算没白活一场啦！"

"嗯嗯嗯嗯嗯！"本含糊地说着，嘴里塞满了面包卷，眉开眼笑。

在不间断的鸟鸣声中又传来了清晰的杯碗碟勺的碰撞声。玛汀和本刚从迷宫的缝隙间逃走，就传来一个服务生走进广场时发出的骂声。他"吧嗒"一声放下托盘，吼叫起来："你这个可恶的獾狐狓，等我来收拾你，今天晚上就吃咖喱獾狐狓。我要把你端上饭桌，配上米饭和杧果酸辣酱！"

"咖喱獾狐狓？"玛汀吃惊地张大了嘴巴。

"如果我们不离开这里，我们会和獾狐狓在同一个锅里吧，"本回嘴说，"跟我来。"

早些时候，他看见一根红色的线从部分树篱的底部穿插而过，似乎指向出口。他们悄悄地走在一条凉爽的绿色通道上，感觉像是被猫追赶的老鼠，突然，本被一根电线绊倒了。鸟鸣声戛然而止。顿时月亮谷里呈现出一片极不自然的寂静。

"我的天呐，"玛汀小声说，"这是录音，月亮谷没有鸟。我猜这就是闹鬼的真相。"

鸟鸣 CD 的突然停止让服务生知道山谷里有状况发生，应该是有比獾狐狓更加庞大的东西毁了那顿早饭。他呼叫了园丁，大家都跑到迷宫里，叫喊着，手里拿着棍子。

玛汀和本惊慌失措地紧靠着彼此。无处可逃了，大家正从两个方向向他们扑过来，他们被困住了，游戏眼看就要结束了。

突然，从沙漠的另一头传来了救护车汽笛的鸣叫声，它正在全速驶向这里。所有活动的声音都停止了。汽笛声越来越大，一直进入月亮谷，而之前这里因为故障所有声音都逐渐消失了。

本透过树篱的一个孔偷偷看了一眼，说："玛汀，你得过来看一下。"

玛汀蹲到本的边上，看见救护员抬着担架沿着森林一路走到白色建筑物前。门打开了，两个穿着白衣服的人抬出一个血肉模糊的人，看上去已经完全没了知觉。救护员把人抬到担架上，检查完了脉搏后，匆匆把他抬下了山。

园丁、服务生和穿白衣服的人全聚集在救护车边，满脸焦急地看着救护员试图稳住伤者的情况。

"本，我们的机会来了。"玛汀说。

他们压低身体，从迷宫冲刺跑到舱口。下到下面的储藏室后，本穿上白色外套，在水槽里将他脸上和手上的火山灰洗干净。玛汀刚想照着做，就被本阻止了。

"我可以装作工人不被发现，但是我觉得姑娘不可以。"玛汀正要张嘴抗议，本又迅速补充说，"但是，我有解决办法。"

他把手推车的帘子拉开，移走了一沓毛巾，然后把它们堆在水槽下面看不见的地方。尽管手推车下面的空间非常小，但是玛汀成功地把自己挤了进去。

舱门打开了，一个穿着白衣服的男人从梯子上滑下来，就像救火员沿着杆子滑下来一样。这个秃顶的男人戴着的眼镜片有牛奶瓶底那么厚，他的手很大，体毛很浓密。本冷静地拉上了手推车的帘子。

"你是谁？"男人质问道，"为什么你穿着白色外套？白色外套是货舱工人专属的。"

"先生，我是新来的清洁工。"本说，"如果我穿错衣服的话，很抱歉。我还在等待指令的时候，突然收到紧急命令要我擦掉……清理一些血迹。"他很小声地说出了最后两个字。

男人装腔作势地说："幸运的是，还有不到二十四个小时，它们就要被送走了。如果时间再久一点，我们收到的就是尸体了。依我看，这个老男人失去控制了。他是货真价实的象语者，但他不是魔术师。"

本在桶里装上肥皂和水，用拖把搅出了泡沫。"失去控制？"

男人不耐烦地说道："当然是对大象失去控制，还有其他东西吗？大象们被关押得太久了，已经濒临狂躁了。"

25. 笼子里的大象

"大象们？"玛汀一边说着，一边把手推车的帘子往边上拉了拉，想挪动到一个更舒服的位置。她的左脚已经失去了知觉。货舱工人在键盘上输入了安全密码并给本留了门之后，就一路冲在前面，把他俩留在了一条有太阳能光照的隧道里。"那意味着有不止两头大象，可能是一群。我想我们找到了你说的'百慕大三角'，只不过它是在死火山里的一个有着假鸟叫声的白色圆顶屋里。"

"嘘，"本一边说着，一边把遮挡玛汀的帘子拉得严严实实，"我想这不是一个好办法。对我们来说，更明智的做法是想办法逃出月亮谷，然后请求援助。我们可不能像担架上的那个男人一样。"

"当然，这不是好办法，"玛汀回嘴说，"这个主意太可怕了。但是我们已经来到了这里，无法回头了。大象需要我们。"

他们又一次听到了原先在沙漠里听到过的爆炸声——脚底下像是有一列特快列车咆哮而过，长廊里回响着隆隆的鸣叫声。这样的声音并没有持续很久，当声音结束的时候，他们听到了一阵不和谐的锤打声。没过多久，锤打声也停止了。

刚才还说着那些豪言壮语，现在玛汀就感觉到了前所未有的寒冷和恐惧。她和本不远千里冒着种种危险来揭露安吉尔故事的真相，想调查鲁宾·詹姆斯的生意。而现在面对着即将揭晓的答案，她意识到事实可能远远超过自己所能承受的范围。

她把所有的精力都集中在杰米身上："我要回到它身边，我要回到它身边，我要回到它身边。"她一遍又一遍地告诉自己，就像是在念咒语。

手推车停下来了。她听到本深深地吸了一口气："我们到了，准备好了吗？"

玛汀动了动脚趾，试图让发麻的脚快点恢复。"准备好了。"

很多年前，有一次爸爸妈妈曾经带玛汀去过伦敦的一个美术馆。特纳、凡·高和其他大师们令人振奋的画作给她留下了极深的印象，在那个瞬间玛汀曾想成为一名艺术家，但是另一位大师——希罗尼穆斯·博斯画作里的地狱又让她打消了这个念头。这位艺术家的名字让她印象深刻，因为她无法理解是什么样的父母会给孩子起名希罗尼穆斯。

从手推车帘子的缝隙里偷看到的场景让她想起了这件事。然而，眼前的一切看起来一点儿都不像是地狱。巨大的圆顶屋空间的三分之二，被改造成了任何一头沙漠象可能期待的室内成长环境：完整的沙丘原封不动地被搬到了这里，沙丘之间有刺槐树；一棵小小的猴面包树上挂着奶油味儿的鞓鞔豆荚（大象的食物）；还有一个泥浆池子可以游泳；甚至还有大象玩耍的区域，有各种五颜六色的球、棒和铃铛；屋顶被涂成了蓝天和朵朵白云，还画了一些鸟儿。

让玛汀感到痛苦不堪的不是假沙漠，而是大象，是十九头大象。每一头都被锁住了，但是它们有着不同的生存状态。一些大象无精打采地摇着尾巴，半闭着眼睛，好像是迷失在自己的世界里。有一头充满了攻击性，正在摧毁一棵刺槐树。另一头正徒劳地用身体碰撞着每一寸墙壁想找到逃生口。剩下的则是拖着锁链慢慢地来回走动着，满是无聊、失望和焦灼。

正当玛汀看着眼前这残忍的一幕时，远处墙上一对白色的双扇门打开了。她瞥见门后是一个实验室，里面有成排的试管和闪着光的机器。两个穿着白色外套的工作人员正把一个铁笼子推出来，发出了可怕的嘎嘎声。笼子里装着一头大象。其中一个工人拉了拉杠杆，大象冲笼而出，但又被脚下的镣铐束缚着跪倒在地。

一个面容清秀、驼色肤色但干瘦的男人从阴影里冲出来，来到大象身边，他是这里唯一一个没有穿白色外套的，而是穿着松垮的裤子和又薄又旧的衬衫。他抚摸着大象皱巴巴的灰褐色的脸试图安慰它。当实验室工作人员试图靠近大象的时候，他愤怒地示意那人

走开。而面对大象的时候，他又非常温柔地催促它站起来。

"是吉福特的父亲。"玛汀轻声地说道。

26. 鲁比

"我们得离开这里寻求帮助，"本小声地说，"我不确定这里到底发生了什么，但是毫无疑问，这些是我们无法理解的。"

"一定是动物实验，"玛汀怒不可遏地说，她极力克制着不让自己从手推车里跳出来，"如果我们找不到办法阻止，那么鲁宾·詹姆斯将会对杰米动手——会在它身上做实验。吉福特的父亲，那个传说中的象语者，也牵扯进去了。"

"你不知道情况。"

"在这个可怕的地方他还会做什么呢？他又不是像囚犯一样被关押在实验室里，也没有受折磨，难道不是吗？"

"他仅仅是没有戴着手铐，但并不意味着他不是一个囚徒。"本纠正道。

"你！你在看什么呢？"一个矮壮的货舱工人经过，质问本，"你的身份证呢？你在这里做什么？"

"尼佩尔，别管他，"那个秃头的男人说，"今天是他第一天上班。喂，小孩，你叫什么？"

"本。"

"好的，本，拿上你的拖把，然后到实验室去。"

"遵命，先生！"本大声回答完毕后，推着手推车继续向前走。他屏住呼吸，小声地对玛汀说："情况越来越复杂了。"

玛汀冒着巨大的危险从帘缝里又偷看了一眼，只见吉福特的父亲正引导受伤的大象走向泥池。大象的脚步犹豫不决，眼睛盯着吉福特的父亲，好像他是暴风雨中的灯塔。

玛汀震惊地意识到，格蕾丝预言的第二部分成真了。圆圈——月亮谷的火山——把她带到了大象身边。那么剩下的就只有最后一部分了。"大象会带你走向真相，"格蕾丝曾承诺过，"你要的真相。"

突然，一头大象号叫起来，声音回响在圆顶屋里，震得玛汀耳膜生疼。那头虚弱的大象再一次倒下了，只是这一次它没能站起来。吉福特的父亲抚摸着它的头。屋里所有的大象，都试图挣脱镣铐，它们扇动着耳朵，摇晃着象牙，拼命想要帮助倒下的朋友。

"本，我们得做点什么。"玛汀实在耐不住性子，忘记了压低声音，耐心可不是她擅长的项目。

"玛汀，如果我们跑回隧道，也许还能逃离这里，曝光整件事情，拯救所有的大象。如果我们留在这里，我们可能拯救不了任何大象，也许，甚至——"

本话音未落，玛汀已经跳出手推车了，四肢因为长时间的挤压都快麻木了，她打了个趔趄。"拯救我们自己吗？这是你想说的

吗？好吧，现在我关注的只是救大象。现在所发生的一切就像是从黑暗世纪走出来的。我们能做的不能只是离开。"

本看向那头倒下的大象。那个秃头的男人和另外两个货舱工人正专注于眼前发生的这场危机。另一个人撤回到了实验室的安全地带。然而，尼佩尔饶有戒心地盯着眼前的入侵者，并从口袋里掏出了手机。

"本，你先走，"玛汀催促他说，"快去找吉福特，或者打电话给警察，然后回来找我。"

"不行，我们一起进来的，我们得待在一起。不过，我猜其中一个工人已经去叫保安了。我们得快点离开这里。"

玛汀真让人吃惊。在尼佩尔提醒其他货舱工人注意一个瘦瘦的、长着一双绿色眼睛、有着一头飞舞着的棕色头发的小姑娘正快速穿越圆顶屋之前，这个脸色苍白的女孩几乎就已经接近他们了。

玛汀放慢脚步，她知道自己接下来要做的事有多么重要。她的天赋是她最珍贵的秘密。在学校组织的一次旅行中，她偶然发现自己可以医治动物。当时，她拯救了一只埃及鹅，而后，目睹这一事件的那群孩子追着她穿越了整个树林，大声尖叫着："巫婆！巫婆！巫婆！"

从那以后，她一直都很小心，向所有人隐瞒她的天赋，除了格蕾丝和本，但是，即使是和他们在一起，她也很低调。然而现在，她打算在一群人面前施展她的医术。尼佩尔试图抓住她，但是那个秃头的男人阻止了尼佩尔。

"等等，让我们看看她要做什么。"

尼佩尔把他那满是肌肉的双臂交叉在胸前，黝黑的脸上挂着一副自命不凡的笑容。在一边焦急等待的本注意到，尼佩尔的眼神滑向了门边。

吉福特的父亲依然抚摸着大象的脑袋，直到玛汀跪下来的时候，他才抬起他那双满是疲惫和忧伤的眼睛。

"如果我想要帮助它，你介意吗，约瑟夫？"当玛汀叫出他名字的时候，他大吃一惊，但还是默默地点了点头。大象厚厚的睫毛盖在它粗糙的灰褐色的脸颊上，整个身体都在颤抖。玛汀温柔地触碰着大象，眼泪却止不住地往下淌。

玛汀打开救生包，拿出了标示着"爱的配方第九号"字样的瓶子。格蕾丝曾给她讲解过，用这个植物配方组成的药物相当于肾上腺素，只有在像心脏衰竭这样极其紧急的状况下才能使用。但是第六感告诉玛汀，这头大象心脏衰竭不是因为心脏出了问题，而是被伤透了心。当它的自由和家庭都被剥夺了的时候，它就没有了任何生存的理由。

于是，玛汀没有打开瓶子，而是把它放回到了包里。现在，她不得不相信自己的天赋了，她把手放在大象的心脏位置上，问约瑟夫："你叫它什么？"

"鲁比，"这个象语者用玛汀几乎听不见的声音说，"我叫它鲁比。"

很快，这张有些神情呆滞的脸从玛汀的视线中旋转着消失了。此时，她的双手发热，热血沸腾。很多次，玛汀在医治动物的时候都会出现幻觉，仿佛看到手持长矛的士兵、大群动物以及戴着动物面具的人们。今天，她看到了萨沃博纳。

她站在外祖母屋前的水潭边。安吉尔和杰米一左一右地站在她的两边，眼前的大草原仿佛是被金色光芒覆盖着，就像马上会有一场暴风雨来袭。玛汀强烈地预感到动物们是要告诉她些什么。她把手放在安吉尔的身体上，清清楚楚地听到大象那些无法说出口的言语，好像是用无法擦去的墨水写在她的心灵上："把我的姐姐带给我，把我的姐姐带给我。"

"你的姐姐在哪里？我在哪里可以找到它？"玛汀问道，但是安吉尔的话随风消逝。

玛汀把脸贴到杰米银白色的嘴边，感受它丝滑柔软的毛皮。"我爱你，快回家吧！"杰米用它无声却动人的方式告诉玛汀。

她正想回应"我也爱你"，一阵欢呼声打断了她的恍惚。她从眩晕中回过神来的时候，发现鲁比已经站起来了，它身体摇晃着，但是悲伤的褐色眼睛里重新出现了光芒，它以大象间亲吻的方式，用鼻尖轻轻地蹭着玛汀的脸颊。玛汀感动得说不出话来，只是回了一个吻。

她站起身来，瞬间恢复了意识，想起了现在的处境。她害怕往后看，害怕去想接下来可能发生的事。

约瑟夫用几乎听不到的声音在说："这些日子以来没什么可以惊到我的，但是小姐，你真的让我觉得神奇。我怀疑自己是不是在做梦，但是我又害怕自己会很快醒来，继续活在无休止的恐惧中。你是怎么知道我名字的？"

"喂，你是怎么做到的？"那个秃头的男人突然问道，"我们需要你给它用的药。真是神奇的疗法，你到底是谁呢？鲁宾·詹姆斯的侄女？"

一个巴掌重重地拍打在玛汀的肩膀上，尼佩尔用力地把她扭转身来，差点把秃头的男人撞倒在地。

在她面前，站着的是鲁宾·詹姆斯，比她上次见到的时候更加疲惫，但不变的是嘲讽的自信的笑容。

"所以玛汀，"他说，"我们又见面了。"

27. 重逢鲁宾·詹姆斯

还没等她回答，鲁宾·詹姆斯继续说："我必须说，这不是我想象过的再次见面的场景，但是遇到一个旗鼓相当的对手总是一件很开心的事。"

玛汀挣脱出尼佩尔的双手，瞪着她的死敌。"我向你保证，这感觉不是相互的。"

听了这话，鲁宾·詹姆斯大笑起来。玛汀被彻底激怒了，怒吼道："你觉得很有趣吗？一头大象几乎快死了，就因为在你的实验中受了伤。虽然你打算从我们手里夺走萨沃博纳动物保护区，但是我根本没有想到你竟可以卑鄙到伪装成一个富有同情心的环保主义者，而你只不过是一个虐待动物的人。"

鲁宾·詹姆斯的嘴角微微抽搐了一下，冷笑道："虐待？这就是你认为我们在做的事吗？玛汀，你彻底误解我了。我们做的事恰恰相反。我们偶尔对这些大象进行抽血检验，有那么几天不提供吃喝，这样我们才能研究它们的生存极限。它们现在所做的牺牲相比于给未来象群带来的好处，根本算不上什么。虽然也许它们并不理解，但是这里的很多大象都欠我一条命。如果在沙漠里，它们可能早就被偷猎者杀死了，又或者死于饥饿和缺水。"

此时，本被一个货舱工人推着出来了，双手反绑在身后，詹姆斯顿了顿，对这个男人皱起了眉头。"马修斯，你在干什么呢？赶快放开他，他只是个孩子。"

本冲到玛汀的身边，揉捏着被绑得僵直了的手臂，使血液流通恢复正常。玛汀用手拍了拍他的肩膀示意会保护他，然后瞪着鲁宾·詹姆斯。"鲁比并没有欠你一条命，"她厉声说，"相反，它几乎因你而丧命。我看安吉尔之前也是被关起来做实验了，直到它伤痕累累，血流不止。这就是你把它送到萨沃博纳的原因，也是你撒谎说它来自一个倒闭了的动物园的原因。"

直到玛汀说出了最后一句话，鲁宾·詹姆斯才收起一脸困惑的表情："你是在说我送到萨沃博纳的那头大象吗？安吉尔？你这么叫它？是的，好吧，真是不幸。这件事发生在我们项目的初期，当时我们还处于摸索阶段。它是我们的实验对象，当时我们还没有这套定制的设备。鲁克，你还记得吧？我的司机，我雇他来监督早期的实验。大概是他太过热心，而他又根本无法掌控那头特别的大象——安吉尔。但是除去你可能对我持有的偏见，我是不可能虐待动物的。鲁克已经受到严厉的谴责，并被安排了其他工作。大概一年前，这个圆顶建筑建成，月亮谷绿洲日趋完善，在此之前，我们暂停了所有的实验。"

他抬抬下巴示意了约瑟夫所在的方向："那个时候我们也请来了这个象语者。"

"请？"玛汀嘲笑道，"你是指绑架吧。"

"玛汀，为什么你总是执意把我看成是恶棍呢？你看到手铐了吗？他随时都可以离开。是他自己选择留在这里和深爱的大象在一起，是吗，约瑟夫？"

约瑟夫迅速地点了点头，然后埋头给鲁比喂食。

"那你的儿子呢？"玛汀朝着约瑟夫大吼道，她再也没能控制住自己，彻底暴怒了，"你难道不在乎他吗？"象语者听到玛汀的话，瑟缩了一下，但是他并没有看四周。

鲁宾·詹姆斯眯着眼睛问道："你怎么知道他儿子的？"

玛汀迅速地回答："石器时代雕刻博物馆的一个导游告诉我们，

象语者失踪了，他提到这个象语者有一个儿子。"

鲁宾·詹姆斯虽然不相信，但也没有反驳："是有一个男孩，现在已经快二十岁了。对他而言，我就像第二个父亲。那是我和约瑟夫达成的协议。约瑟夫照顾大象，我照顾吉福特。我怀疑吉福特说了我的坏话。"

他的目光死死地盯着玛汀，若有所思地说道："鲁克说他在酒店的商店里见过你，我没有相信他。"

"为什么是萨沃博纳？"本突然问道，"为什么你不把安吉尔送到纳米比亚的救护医院？为什么要那么麻烦那么费力地把它送到另一个国家？"

鲁宾·詹姆斯恢复到了他冷酷的状态："把它留在这里就会扰乱'方舟计划'……"他挥手指了指整个圆顶建筑。

"顺便说一下，这就是'方舟计划'。它差点没能启动，因此我们不希望它流产。刚才你们指出的很正确，我是环保主义者的名声在外。如果一头怀孕的大象受了重伤，并出现在纳米比亚的救护医院，大家就会质疑我。我在一个野生动物的会议上遇到了你外祖父，他对动物的奉献精神让我印象深刻。我想，如果有人可以拯救安吉尔，那一定是亨利。虽然从理论上讲，把安吉尔送到南非非常具有挑战性，但是最终我们成功了。"

"那对你来说不是很好吗？"玛汀讽刺道，"现在你既拥有了安吉尔，又拥有了我们的保护区。真是无巧不成书。"

"不是巧合，只是生意而已，玛汀。我借钱给你外祖父，算是帮了一个大忙，你外祖父没有还清债务就去世了，他反倒还清了人情。事实证明，萨沃博纳是'方舟计划'在南非分部最完美的选址。"

"但是为什么呢？"玛汀喊道。"为什么是我们家呢？有那么多个保护区可以供你选择，让你进行那讨厌的实验。是我们的保护区有钻石，还是有其他什么东西吗？"

鲁宾·詹姆斯叹了一口气，说："玛汀，你太让我失望了，我以为你已经找到了答案。'方舟计划'跟钻石、黄金、铂金这些贵重的东西一点关系都没有，这计划比这些东西重要得多。"

"全球变暖，"本很平静地插话说，"是有关全球变暖吧。"

"不错，"鲁宾·詹姆斯拉长声调，慢吞吞地说，"一点儿也不错。"

"你们把我搞蒙了。"玛汀说。

"好吧，暂时忘掉萨沃博纳……"本解释说。

"好吧，暂时忘掉。"玛汀想。

"还记得卖石头的商贩告诉我们的关于圣布须曼族的传说吗？上帝成全了他们想要巨大财富的梦想，把纳米比亚所有的江、河、湖都变成了钻石？"

"但那只是无稽之谈。"

"没错。但是想一想，在一个沙漠国家，什么东西会比即使将钻石、黄金和铂金都放在一起还更值钱的呢？"

"水吗？"玛汀惊叫起来，"所以这一切都是关于水？"

她环顾四周，头顶的一个忽明忽暗的灯泡最终熄灭了。"这就是你们在月亮谷所做的事，不是吗？你们计划着转移泉水，切断几千年来达马拉兰人民和动物获得水资源的唯一途径，这样你就能独自控制水资源了。你还把基地建在一个死火山口，当地人觉得那里经常闹鬼，所以都离得远远的，这样你们就不会被察觉。"

"我猜绿洲起了掩护作用。绿洲看上去那么美好，以至于任何人都不会想到，在这美景背后一个邪恶的阴谋正在紧锣密鼓地实施着。"

鲁宾·詹姆斯的双眼放出兴奋的光芒，他似乎已经忘记了目前诡异的氛围，以及玛汀和本其实是入侵者的事实，他仿佛正跟两个对入股他公司感兴趣的人交谈。

"未来，随着全球变暖，地表温度会升高，干旱和其他极端天气也会增加。因为水而引发的战争会比历史上因石油或者宗教引发的战争都要多，"詹姆斯说道，"可以控制水源供给的人，必定可以控制整个地球。"

"说到底这一切都是关于金钱、关于权力，根本不是保护动物或者保护水资源。"玛汀说。

鲁宾·詹姆斯嘴角抽搐着，说"是有可能做到两全的。"

"水源是你迫切想得到萨沃博纳的原因吗？"本追问道，"因为保护区里有一个湖？"

鲁宾·詹姆斯用怀疑的目光看着他，似乎意识到自己告诉他们太多了。"还有其他东西。"他含糊其辞。

他看了一眼手表，示意那个矮壮的男人："尼佩尔，你帮忙把玛汀和本送到酒店。考虑到之前他们已经在迷宫里吃了我的早餐，现在可能还不饿，但是如果他们饿了的话，就给他们准备午饭，今晚再给他们开一个最好的房间。"

"谢谢，"玛汀说，"但是我们要回去了，我外祖母会担心的。"

鲁宾·詹姆斯咯咯地笑起来："我非常怀疑你们的外祖母是否知道你们在这里。其实我自己也很想知道你们是怎么来到这里的，但是我们改天再说这个故事吧。"

"你要把我们关押起来？"

"别荒唐了，任何时候你们都可以离开月亮谷。但是我说的'任何时候'可是在平安夜之后，距离现在还有三天。你看，那个时候萨沃博纳就是我的了。我可不想有任何事，妨碍地契顺利交接的事发生。"

28. 约瑟夫的苦衷

"如果可以自由离开，我们为什么不走出月亮谷，然后打电话给野生动物保护当局或者是格蕾丝和腾达伊呢？"玛汀问。

本吞下一大口牛排和薯条的时候差点噎住。为了激怒鲁宾·詹姆斯，他们被带到酒店顶楼的套房之后，点了客房服务菜单上最昂贵的东西。眼前的景色真是太壮观了。房间的前部墙壁都是整墙的玻璃，他们可以看见整个绿洲，可以看到水晶喷泉、轮廓鲜明的绿色迷宫和在热带雨林里生长着的野花。巨大的火山岩环绕在火山口，在天空的衬托下显出狰狞的轮廓，几乎把世界一分为二。

玛汀来到这儿之后做的第一件事就是泡一个热气腾腾的泡泡浴，此刻她正面若桃花地躺在床上，裹在宽松舒适的浴袍里，就像穿着一朵云。他们的脏衣服很快就被收走送去洗衣房了。

　　"你看不出来那正是他想要我们做的吗？"本穿着大得不相称的红蓝条浴袍说，"他不能绑架我们，因为这是很严重的犯罪，还可能会因此毁了他夺走萨沃博纳的机会。但是如果我们自己走出这里，就是正合他意，什么也阻挡不了他打电话给警察起诉我们无端闯入，非法入境，袭击大象……直到他心满意足为止。"

　　"袭击？"玛汀激动地说，"我是在努力帮助鲁比，他的货舱工人才是袭击大象的人。"

　　"你我都知道这些事实，但对警察来说，这不过是我们的一家之言。老实说，警察也不乐意看到我们在没有护照、没有监护人的情况下来到纳米比亚。他们在处理完我们之后，还可能以监护儿童不力的罪名起诉格温·托马斯和我爸妈。事实上，我相信鲁宾·詹姆斯没有任何伤害我们的意图，他只是不希望我们挡道，直到他顺利得到萨沃博纳。"

　　玛汀坐起身来说："我想起来一些事。今天早上我们在仓库的时候，我看到运送单上有一条二十瓶药的入库记录。那个时候我想不起来这些药是干吗用的，但是现在我知道了，那是动物镇静剂。"

　　本放下手中的刀叉，说："那个秃头的男人——托尼，他说幸好大象还有二十四小时就离开了，因为它们被囚禁得太久了，差点要暴动了。如果宾馆不久后就要开业，那么鲁宾·詹姆斯希望它们离开就对了。我打赌他计划明天把它们海运到萨沃博纳去。"

"萨沃博纳？"玛汀用力扯了扯浴袍，让自己裹得更紧一些，"本，我们得阻止他们，但是怎么做才能阻止他们呢？"

"好啦，现在我们真正需要做的就是睡觉，如果我们累到半死，对大象或是其他任何人都没有任何好处。"

玛汀还想反驳，但是她已经累得迷迷糊糊，说不出一句完整的话了。"好吧。"她虚弱极了，一头倒在了床上。

下午的太阳翻滚着落下月亮谷，没有一只鸟儿在鸣唱。

门外传来了刷卡的声音，玛汀惊醒过来，与此同时，本也翻了个身，玛汀听见本伸手去够放在他们中间地板上的手电筒。本没有打开手电筒，但是玛汀可以感受到他就躺在那里，像是在黎明前的黑暗中，随时准备好战斗或者逃走。

门很轻松地被打开了，一个身影溜了进来。本打开手电筒，惊讶地发现进来的人是象语者。手电筒的光线照得他睁不开眼睛。

玛汀忽然不再害怕，转而愤怒起来："你以为你在做什么，约瑟夫？你差点让我心脏病发作。"但是当她看到约瑟夫比她更恐惧的表情时，她的语气缓和了下来。

"很抱歉，打扰你们了，也很抱歉，吓到了你，"他说，"我得找一个机会单独跟你们俩谈谈。我花了很多时间才找到这个房间的钥匙。我求求你们，如果你们知道我儿子的任何消息，请告诉我吧。虽然你们在詹姆斯面前否认了，但我感觉到你们接触过吉福特或者是看到过他。"

玛汀试图狠下心来。"你在乎什么呢？根据鲁宾·詹姆斯说的，你来月亮谷是自愿的。他说你们有一个协议，如果你照顾大象，他就照顾吉福特。很显然，对你来说，你儿子知不知道你是否还活着根本就不重要。"

约瑟夫低下头说："你们说的对，我可以选择随时离开这里和我儿子相聚。最初，詹姆斯先生经常主动要带我去见吉福特，当然，前提是我不提起这个地方。他不是坏人，他真诚地相信'方舟计划'，并相信会有好的结果。我害怕的不是他。"

"那么是谁呢？"本问。

约瑟夫压低了声音："他的合作伙伴，科伦姆。是他说服詹姆斯先生转移水源，以此来控制达马拉兰的水资源。詹姆斯先生开始非常反对，但是现在他同意了。我猜科伦姆是不是威胁他了——也许跟钱有关。如果哪天他们的计划成功了，那么灾难就会随之而来。"

"我不明白，"玛汀说，"你声称热爱大象，但是你却在帮助这些人做那些病态的实验。你口口声声说爱你儿子，也说可以随时离开，但是你依然在这里。"

象语者一屁股坐在椅子里，双手抱住了头。"你知道'自作自受'这个说法吗？很久以前，我做了一个可怕的决定，恐怕我要用余生来承担后果了。"

"每个人都会犯错的。"本告诉他。

约瑟夫抬起头来。"不是这样的。大象是我的家人，它们就像我的兄弟姐妹叔叔阿姨。你知道看着它们因为被关押起来、被剥夺了自由而慢慢心死是什么感觉吗？这样的状况会让大象丧失理智。它们渴望自由却不可得，甚至想到了自杀。我以为我可以用耐心帮助它们忍过这段时间，陪它们玩耍，爱护它们，但是我错了。"

"你在乎大象超过了自己的儿子。"玛汀指责说。

约瑟夫脸色苍白地说："不是这样的，而且这没有可比性。我爱大象，也爱我儿子。在你们知道真相前，请不要下定论。"

"从来到纳米比亚开始，我们就在寻找真相，"玛汀略带讽刺地说，"我们也很想知道真相是什么。"

约瑟夫浑身颤抖着说："一年前，我和我儿子发生了争执。我注意到，自从去温得和克上学，他的身上发生了一些改变，我认为这些改变并不好。他变得骄傲自大，目中无人。他想成为著名的摄影师。跟你们说实话，我不能向他坦白我已经无力支付他的高中学费，更不用说大学了。我告诉他别再想上学的事。他指责我剥夺了他的梦想，毁了他的前程。于是他赌气离家出走，威胁说再也不会回来。"

"在那个寻找他的漫漫长夜里，我有了很多时间去思考。我意识到自己真是一个老古董，还固执己见，但是世界一直在改变。我意识到，自己有一个梦想成为摄影师的儿子是多么幸运，而我朋友家的孩子都是懒骨头，只会在镇上闲逛、偷盗、酗酒和制造麻烦。我发誓不论做什么，都要赚钱帮助他实现愿望。"

玛汀和本被眼前这个男人深深地吸引住了。他们肩并肩坐着，穿着睡衣听着这个温柔的男人讲述着。

"你继续。"玛汀鼓励道。

"天快亮的时候，我路过月亮谷，鲁宾·詹姆斯刚好开车经过。我认识他很多年了。他问我发生了什么，我把一切都告诉了他。在让我发誓一定要保密之后，他把我带到了月亮谷，让我看到了那个圆顶建筑，那时才刚刚建完。他告诉我他的雄心，他想要创造一种可以在全球变暖的情况下存活下来的超越种族的动物，并且相信通过研究沙漠象就可以实现。"

"鲁宾·詹姆斯答应给我这一辈子都无法赚到的钱，让我训练和照顾大象，当我再三犹豫的时候，他又把钱翻了番。"

"但是有了钱，也就有了附加条件？"本猜测道。

约瑟夫点点头说："'方舟计划'是头等机密，意味着如果我要加入就必须在那个时候做出决定。我甚至连回家一小时的时间都没有，我无法和儿子解释这一切。在接下来的十二个月内，我得和之前的生活断绝一切联系。作为回报，詹姆斯说他会把吉福特当作自己的孩子一样教育他照顾他。他发誓会用一切力量帮助吉福特实现梦想。"

"所以你就答应了。"玛汀说。

"我答应了。月亮谷的大门关上了，我的人生也在那个时刻终结了。"

房间外，夜幕已经降临。蟋蟀唧唧，蛙鸣呱呱，让非洲的夜晚变得如此迷人，但是不远处的火山口却寂静得可怕。

三人围在餐桌边喝着本泡的咖啡。约瑟夫的故事让玛汀开始担心吉福特，为什么他没有再回到接待中心呢。"如果还有什么值得庆幸的话，鲁宾·詹姆斯信守了对吉福特的承诺。"当她把这话说出口的时候，觉得嗓子像是被什么卡住了。

在接下来的半小时里，玛汀和本把他们和吉福特一起经历的每一个细节都告诉了约瑟夫，从吉福特在索苏维来红色沙丘拯救他们开始，到最后在达马拉兰的石器时代的雕刻博物馆把他们丢下为止。他们谁也没有提吉福特再也没有出现的事，也没有提他们对他的担心，相反，他们责怪自己随便溜达，结果在沙漠里迷了路。

玛汀几乎没见过一个男人会因为一个消息有如此大的转变，就像是她给了约瑟夫一剂补药，让他仿佛年轻了二十岁。

"我儿子拯救了你们的做法让我感到格外骄傲，"他说，"你们刚才提到的他已经开始了摄影师的职业生涯以及建造了他自己的家，在一个父亲听来都是最好的事了。知道我的儿子已经成人，而且长成了一位绅士，这些话对我来说就是阳光。"

他站起身来说："我已经欠你们很多，而且我们现在时间不多了，最后我能不能再问一个问题。"

"问吧。"本微笑着说。

"我听你们跟詹姆斯谈到有一头因为鲁克而饱受了折磨的大象。你们说那头大象现在生活在萨沃博纳？萨沃博纳是你们在南非的家吗？"

"是的，"玛汀说，"那是在风暴十字路口镇附近的一个保护区。我外祖父和管理员腾达伊接收了安吉尔，让它恢复了健康。我想它现在很快乐，但是它似乎总是很孤单。"

她决定不提三天后萨沃博纳会被鲁宾·詹姆斯接管，安吉尔也会属于詹姆斯的事，就算提了也不会有奇迹发生。更让人烦闷的是，白色长颈鹿也会变成詹姆斯的。

"太好了。在我被带到这里之前，他们早就把安吉尔送走了，但是通过其他工人的描述，我知道这是我最喜欢的大象之一——我已经认识它三十多年了。想象最糟糕的结果时，我心都碎了。欣慰的是，在这里我可以守护它的姐姐。"

玛汀盯着他，好像他长出了翅膀："它的姐姐！"

约瑟夫点点头说："鲁比，今天你治疗的那头大象，它是安吉尔的双胞胎姐姐。"

他站起身来准备离开。

同时，本也站了起来。"我有些困惑，约瑟夫，你跟月亮谷只是签了一年合同，这意味着你现在可以随时回家找吉福特吗？"

约瑟夫看起来很沮丧，说："是的，我的合同快到期了，但是还有一个问题。"

"我猜不会是跟科伦姆有什么关系吧？"玛汀说。

就像是被玛汀用一根烧红了的棍子刺了一下，约瑟夫的反应很大："玛汀小姐，请你把声音压低一点，隔墙有耳。几个月前，科伦姆警告我，要是我离开'方舟计划'，那么我必须得明白一点，有一天——可能是明天也可能是十年后——吉福特会遭遇不测。我希望这只是他的一个玩笑，但是我害怕去试探他。如果我和我的儿子只有一个人能活下去，我选择拯救吉福特，即使那意味着他要在没有父亲的情况下成长。"

就在这时，敲门声响起了，他们吓得几乎灵魂出窍。

"如果是科伦姆怎么办？"约瑟夫焦虑地说，"我不能被他发现我在这里，他会觉得我是在把秘密告诉你们。"

"藏到衣柜里，"玛汀说，"别担心，不管发生什么，我们会保护你。"

敲门声再一次响起了，这次声音更大。

本跳起来跑去开门。"有什么事吗？"他含糊地说，装作睡眼蒙眬但是有礼貌的样子。

"先生，你好，客房服务。"

本小心翼翼地开了门，担心可能是个陷阱。此时，一个笑意盈盈的服务生递给他一个包裹。那是他们的破旧衣服，已经洗净熨烫完毕。

"晚上好，"服务生说，"我来送洗完的衣服，并传达詹姆斯先生的一句话。他让我问问你们要不要吃晚餐。"

29. 幕后推手

玛汀和本准备在太阳升起前就走。他们尝试了一切办法说服约瑟夫跟他们一起走，但是约瑟夫不愿离开大象。如果象群要被运送走，他想跟它们在一起。他也不想做任何可能会给他儿子带来危险的事。

玛汀和本保证他们不会向任何人说出他的藏身地后，约瑟夫给了他们一个用大象毛发做成的手镯，说："如果你们见到吉福特，想办法把这个放到他的随身物品里，这样有一天他看见的时候就会知道我还活着，我爱他。"

"不，"玛汀说，"你得自己给他。"

除此之外，象语者还是同意把开启大门的密码以及警卫喝早茶的时间告诉了他们。他承认自己曾费力记住这些是因为他一直想着要逃离，或者是偷偷溜出去看看吉福特。

外面，空气冷得让人兴奋，木质栈道沾着露水有点滑。在蹑手蹑脚地穿越这个安静的森林的时候，玛汀搓着双臂试图让自己暖和一些。她从来没有想象过一个没有鸟鸣的世界会是如此阴森、孤单和空洞，也难怪当地人不愿意来到这里。

当他们走近大门的时候，发现淡紫色的天空高悬在那一圈黑色的火山岩上。警卫依然在那里，但是五点十五分他们准时去警卫室

喝茶，就像约瑟夫所说的那样。

"这看起来太简单了，我一直担心会出现什么问题。"玛汀小声对正在门边输入开门密码的本说。

"这本来就该很简单，"他说，"记住，我们本来就不是囚犯。"

门打开了，站在另一头的是正准备按门铃的鲁克和科伦姆。

鲁克的眼珠子都快瞪出来了，他举起手指着他们说："马克辛！"

科伦姆走进大门的时候，鲁宾·詹姆斯刚好跑过来，保安粘着满脸面包屑也从警卫室过来，结结巴巴地说着"抱歉"和"请原谅"。

"你在这里干吗，鲁宾？"科伦姆说，"你不会是在带领当地学校的孩子看日出吧？"

他黑色的眼睛里射出来的目光就像蜥蜴的舌头一样扫过玛汀。走近了，他阴冷的笑容、蓝黑色乌鸦羽毛一样的头发和厚厚的黑色眉毛让他看起来像极了电影里的职业杀手。玛汀从来没有遇到过她真的想要用邪恶来形容的人，但是眼前这个人太适合不过了。

"玛汀和本，见见我的合作伙伴，科伦姆。"鲁宾·詹姆斯努力掩饰自己的惊慌失措，故作镇定地说道，"鲁克，你们已经见过了。科伦姆，你来得比我想的要早，但是没有问题。我会叫醒主厨，让他准备你的早餐。"

玛汀注意到詹姆斯并没有回答科伦姆的问题。科伦姆一定也注意到了，因为他的目光在玛汀和本之间来回扫动。

他非常温和地说："我们以前见过吗？"

"我告诉过你，她不是安娜，"鲁克说着，从科伦姆身后将目光投向玛汀，"我说过她是那个让大象来追我的女孩。"

鲁宾·詹姆斯说："闭嘴，鲁克。科伦姆，你当然没有见过她，她和她的朋友不是纳米比亚人，别担心，他们就要走了。"

科伦姆继续端详着玛汀说："你是南非那个保护区的女孩，是吗？我在报纸上见过你和白色长颈鹿的照片，也不知道是什么原因，这件事给我敲响了警钟。我还在奇怪你在月亮谷做什么，这可是最高机密项目。有人能告诉我一下吗？"

"我带他们参观一下宾馆，他们知道不能告诉任何人的，"鲁宾·詹姆斯说，"科伦姆，他们是好孩子，他们没做错什么。来吧，玛汀，本，我带你们回家。"

科伦姆邪恶的笑容再一次浮现在脸上。"急什么呢，鲁宾？玛汀和本一定也想吃早饭了。也许他们还想知道你对他们在南非的保护区有什么计划呢？"

鲁宾·詹姆斯瞬间呆住了。"科伦姆你在搞什么鬼？"

科伦姆一把搂住詹姆斯的肩膀，说："朋友，我想知道你在干什么。我们为什么不去货舱那里看看到底发生了什么呢？哦，对了，鲁宾，你就不用费尽心思试图说服警卫把我从月亮谷赶出去了，因为警卫根本不会听你的话，就像鲁克，他们都是我出钱雇来的，俗话说得好，谁出钱谁做主。"

科伦姆一行人闯入的时候，圆顶建筑物内顿时陷入了寂静。正在把大象的玩具收进箱子以及拆除实验仪器的货舱工人停下了手头的工作，就像电影被定格的人物一样。任何可以移动的东西都被清理干净了，包括在圆顶建筑另一边的戴着镣铐的大象们。约瑟夫努力让它们保持秩序。一让大象们安静下来后，他就立刻停下了手里

的活转过身来。

"今天是大扫除日吗？还是你和你的工人们准备去什么地方，鲁宾？"科伦姆问。他对穿着白色制服的工人点点头，说道："先生们，你们要离开我们了吗？"工人们没说一句话就仓皇而逃。

尽管屋子里很冷，但是玛汀注意到鲁宾·詹姆斯的额头上开始冒汗了。他清了清嗓子说："科伦姆，我告诉过你，我们今天准备把大象转移到萨沃博纳的。"

"你没有权利这么做，"玛汀大声喊道，"那是我们的保护区。我外祖母现在正在英格兰，她会保证永远也不让你插手保护区的。"

科伦姆挑眉说："你们的保护区，怕是不会太久了。你知道古老的圣经故事里有关洪水和挪亚方舟的故事吧。挪亚为了拯救动物，成对成对地把它们运到他的方舟上。像沙漠象和羚羊，它们能够在只有少量食物和水源的野外环境下存活，因此，鲁宾计划通过利用这样的基因在我们的保护区里培育可以抵抗全球变暖的动物。所以我们把计划命名为'方舟计划'。"

"为这些动物在未来能更好地生存做准备并没有任何问题，"鲁宾·詹姆斯出于自卫说道，"我尽我所能学着如何拯救它们，这是一种保护。"

玛汀感到一股寒流涌遍全身。"这取决于你如何操作。"

科伦姆笑了。"难道不够明显吗？你用最特别、最稀有的动物，或者是有特殊能力的动物进行试验，比如白色长颈鹿。"

"不！"玛汀大喊。

"不会是那样的，科伦姆。"鲁宾·詹姆斯暴怒地说道。

"当我接管萨沃博纳的时候就会了，或者我就以拍卖方式把动物们卖给出价最高者，光是白色长颈鹿应该就能拍出百万的价格了吧。你不会忘记，你欠我多少钱了吧，鲁宾·詹姆斯。如果你还没有想起来谁是这里的老大，那么总有一天，你所拥有的一切都会变成我的。"

鲁宾·詹姆斯咬着嘴唇说："我会终结这一切的，科伦姆。我不再跟你以及你的间谍有任何关系。"他瞪着鲁克，"我本已说服自己，转移水源给达马拉兰的人民和动物带来的好处会多于害处。但是现在我意识到你会荼毒你所接触的一切。你不在乎任何人，你只在乎你自己。我会让我的律师联系你，起草债务偿还协议。玛汀和本，你们过来，我们走吧，很抱歉让你们看到这一切。"

对于事件的突然反转，玛汀和本惊得目瞪口呆。他们正打算跟着詹姆斯走，但是被鲁克和尼佩尔拦下了。

"我不这么认为。"科伦姆说。

鲁宾·詹姆斯发出了刺耳的笑声："你打算怎么阻止我们？你要杀了我们吗？"

玛汀看到站在建筑物另一边的约瑟夫已经浑身僵硬。她试图捕捉他的目光，但是他逃避了，转而关心起鲁比。

科伦姆对他的合作伙伴投去一个笑容。"朋友，你是读了太多小说了，我当然不会杀你们。这不但会影响我作为生意人的声誉，而且很麻烦，也没有必要。我是说，就在你的家门口我们拥有一整片沙漠。沙漠可是个恐怖的地方，即使是最有经验的旅行者也有可能在茫茫沙漠中用光了汽油，还忘记了带水，他们很容易因为高温猝死。很有可能几年以后才能找到他们的尸骨。象语者和这些小孩可能遭遇同样的麻烦。很可惜，但是这样的事情确实会发生。"

"哦，不要担心大象们，它们不管是死是活都很有价值。我会好好照顾它们的。"

"你这个混蛋。"鲁宾·詹姆斯咬牙切齿地说道，但声音轻得让人几乎听不到。此时，鲁克和两个守卫正渐渐靠近他。

"对了，尼佩尔，"科伦姆说，"是时候开始今天的事了，你们准备好炸药了吗？"

尼佩尔敬礼以示准备好了。

"某种意义上，对你来说，离开这个计划会是一种解脱，鲁宾，"科伦姆说，"而且我也可以得到更多。几分钟后，我们会炸倒挡住这泉水的最后一堵墙，然后我们就可以控制达马拉兰的水源了。下一步我会继续开启在索苏维来红色沙丘的项目，实施同样的计划，那么很快，我就会拥有纳米比亚所有的水源了。我可以随我所愿进行收费，就像是得到了合法印刷纸币的许可证，想要多少钱，就有多少钱。"

一阵尖锐的哨声打断了他，每个人都转身惊讶地看着约瑟夫。只见他的右手举起来，又放下，所有的大象都挣脱了枷锁向前冲，很多大象一路嘶叫起来。就像是几个世纪前，古老的军队吹响了战争的号角投入了战斗。

玛汀紧紧抓住本，深信他们很快就会被踩死，但是第一头到达的大象——鲁比用它的鼻子将他们两个围起来，站在他们跟前保护他们。

建筑里的其他地方都陷入了混乱之中，到处是舞动的象牙和嘶喊的人们。像是大象玩耍的球，鲁克被抛来抛去，科伦姆、鲁宾·詹姆斯以及警卫们在大象的厮打中消失了。

约瑟夫急匆匆地跑到玛汀身边说："现在快走，没有人会阻挡你们的。"

"和我们一起走吧。"本央求他说。

约瑟夫笑着说："我会跟在你们后面，首先我必须保护好大象，这漫长的十二个月以来，是它们照顾了我。"

他们冲出门，沿着山路一直往下来到了大门口。本输入了大门

的密码。"还有四十八小时，"他跟玛汀说，"我们还有四十八小时保住萨沃博纳。"

大门打开了，在晨光的沐浴下，他们头晕目眩地出来了。环绕在建筑周围的是十几辆警车，其中几辆还装备了步枪架在车窗口严阵以待。还没等玛汀和本反应过来，步枪就放下了。一辆车的车门打开了，他们的朋友从车里跳下来，看上去高兴极了。

本笑了："我们太幸运了，吉福特带来了部队。"

"也正是时候，"玛汀说，"快看，本。"

一队大象从山上冲下来，冲在队伍最前面的是约瑟夫。但是更不可思议的事吸引了玛汀的注意力，一只在警卫室屋顶安家的织巢鸟，用它急促高亢的声音唱起了歌。

30. 重返萨沃博纳保护区

第二天早晨，玛汀和本坐头等舱飞回了南非，出于礼节和回报，纳米比亚政府同意"无视"他俩没有护照的事。

在温得和克的机场举行的欢送会上，代表团为玛汀和本准备了黑森林糕点和奈良瓜。"这是我们仅能给予的菲薄的礼物。"一个官员对他们这么说，"如果这些人实施了这些残暴的计划，那么我们最珍贵的资源可能就被毁了，这将给我们的国家带来毁灭性的灾难。"

环境保护部部长喜出望外，二十头原本被认定死亡的珍贵的沙漠象被拯救了，他提出赠送给玛汀和本以及他们的家人一次免费的纳米比亚游作为感谢。玛汀和本问，是不是可以用鲁比作为交换。该官员对他们提出这样的请求感到十分困惑。约瑟夫解释说鲁比是玛汀他们自己的沙漠象——安吉尔的亲戚，部长立刻答应了。但是鲁比不跟玛汀和本一起走，它将会通过陆路被运到萨沃博纳，会在圣诞节那天和它的同胞妹妹团聚。

对玛汀和本来说，在经历了这么多天沙漠的空旷和寂静之后，降落在开普敦机场的人群和喧闹声中，给他们的身心带来了巨大的冲击。他们第一个看到的是报刊亭，由吉福特拍摄的吸人眼球的照片刊登在好几家报纸的头版，照片上鲁宾·詹姆斯戴着手铐，科伦姆和鲁克躺在担架上被抬进救护车。《开普时代报》还刊登了吉福特拍摄的关于他父亲把大象带到安全区的照片。

玛汀用她剩余的零钱买了好几份报纸塞进包里，准备晚点细读。一想到吉福特正在他梦想成为新闻摄影师的道路上前进，玛汀禁不住笑出声来——一切都变得特别有意义，因为现在他可以和他的父亲分享这个成就了。吉福特和父亲的重聚并没有太多眼泪，他们保证会在新年来萨沃博纳看望玛汀和本。玛汀没能找到合适的方式告诉他们，可能那个时候她和本都不在保护区。在鲁宾·詹姆斯被捕之后，萨沃博纳的未来显得前所未有的扑朔迷离。

腾达伊在机场大厅迎接他们。他饶有仪式感地和本握了握手，笑声吸引了众多目光，让立在一旁的玛汀为之动容。

"小家伙，你瘦得什么也不剩了，"他责备道，"格蕾丝会说你的，过去一周你都吃了什么呀？"

"哎，主要是奈良瓜和蝴蝶亚仙人掌，"在一行人走向停车场的路上，玛汀说道，"外加一些牛角包。格蕾丝还好吗？"

腾达伊转动着眼珠子说："她真是一个不可思议的女人！在你和本失踪之后，我本想报警的，但是她承认她占过卜，然后鼓励你不论去多远都要拔出伤害你的那根刺。我说她真是失去了理智。实在太生气了，这一周我没有跟她讲话。一想到你外祖母会因为我的失职而惩罚我，无数个夜晚我都是在失眠中度过的。"

他打开吉普车的门，玛汀和本爬进车里。

"很抱歉，让你担心了，腾达伊，"玛汀说，"但是你知道的，格蕾丝预言的所有事都是对的，圆圈确实把我们带到了大象身边。"

腾达伊启动了引擎，说："确实。"

"我外祖母呢？"玛汀鼓起勇气问了她最怕问的问题，"她从英格兰打电话回来了吗？她知道我们失踪了吗？"

"她不知道，因为你们离开之后，格蕾丝说服了其中一名警卫的妻子——一个酒店的前台——帮我们录了一条自动回复，说是线路故障。"他举起手说，"我希望你们知道，我没有参与其中。"

玛汀憋住笑，说道："我确信你没有参与。"

"所以，你们可怜的外祖母一直没能打通这里的电话。今天早上听说你们要回来，格蕾丝第一次接起了电话。外祖母是用付费电话打的。她只来得及说，她会在明天早晨，也就是平安夜当天，飞到开普敦机场，并会带来好消息。"

他们一直想要把故事留到萨沃博纳再讲，然而即使已经到了萨沃博纳，他们也还是没有马上开始讲述。因为玛汀停下来感谢格蕾丝，接受了她温暖的拥抱，然而迫不及待地跑去看杰米。

白色长颈鹿和安吉尔就站在大门口，仿佛知道她回来了。玛汀走向前去的时候，大象害羞地后退了几步。它一直盯着马路看，玛汀好奇它是不是感觉到了或是听到了它的双胞胎姐姐正在来的路上。吉福特告诉过她，大象之间即使相隔十公里那么远依然可以交流，用彼此能听到的或是感觉到的低频率的叫声，用身体和敏感的脚翻译出来，但是它们能隔着两个国家交流实在让人有点难以置信。

尽管如此，它们依然是高级进化的生物——在玛汀看来远比人类聪明——所以任何事都是有可能的。

"鲁比会在两天后来到这里，"玛汀告诉安吉尔，"圣诞节那天，你们就能团聚了。"玛汀低声补充说："希望那个时候我也会在这里。"

白色长颈鹿低下头来，玛汀用手搂住它的脖子，然后把脸贴到它柔软的银色的嘴边，在沙漠备受折磨的这几天时间里，玛汀经常

想象这样的场景。"很抱歉把你留下了，杰米！对我来说，我一分钟也不想离开你，甚至不想去上学，但是你无法相信大人们遭遇了什么麻烦，或者说他们制造了什么麻烦，我和本也卷入了其中。"

她亲了亲杰米。"如果说有任何安慰的话，想起你我就会变得坚强起来。听到你说你爱我，我就能渡过一切难关。"

但她没有把接下来的话说出口：这也是让我们挺过接下来的二十四小时，直到确认我们是不是可以保住萨沃博纳的动力。

格蕾丝和腾达伊终于可以听大象的故事了，那是玛汀和本一致认可的事实真相。他们一边喝着咖啡，一边吃着巧克力蛋糕。

玛汀和本一起讲着故事，但常常相互打断对方的话。玛汀从描述他们是如何通过鲁宾·詹姆斯的飞机偷渡到纳米比亚，又是如何在沙漠着陆开始讲起。

腾达伊吓傻了。"你们俩在想什么呢？任何事都可能会发生。你外祖母从英格兰回来之后，她一定会解雇我的，难怪我一直感觉有些神经过敏。"

"腾达伊，你的神经就跟姑娘一样脆弱，"格蕾丝粗鲁地对他说道，"如果你不能忍受这个压力，就离开我的厨房。亲爱的，我们继续，你们是怎么发现圆圈的呢？"

玛汀继续说着他们是怎么到达月亮谷，吉福特又是怎么再一次戏剧般地出现的。事实证明"相机镜头到了"是一个骗局。当吉福特到了蝴蝶亚天堂之后，鲁克把他骗到了储藏室关了一夜。鲁克对在礼品店被羞辱一事一直耿耿于怀，想以此报复吉福特。

"如果不是你们留下了白色长颈鹿的标记，我都不知道我是不是可以找到你们。"吉福特告诉他们，"我想不到你们会如此疯狂，或者说如此勇敢，在夜深人静之时步行那么远的路，还穿越沙漠偷偷地进入一座戒备森严的死火山，制造了这么大的动静。"

在萨沃博纳的厨房里，腾达伊用勺子舀起炼乳加到他的茶里。在被格蕾丝责备之后，他试图让自己重新振作，但是他的手依然在颤抖。"所以象语者组织了大象狂奔拯救了你们吗？"

"约瑟夫吹响了哨子，制造了这场混乱。但是，是大象们自己想到要假装自己依然被铐着的，"玛汀告诉他，"腾达伊，你无法想象它们多么聪敏，多么不可思议。在被迫和它们深爱的亲人分离，在被囚禁后，它们伤透了心。当鲁比倒下的时候，我觉得它们一定是受够了，它们如此渴望自由，决心以死相拼也不要再受折磨。"

本说："最终它们报了一箭之仇。我从一个救护员那里了解到，科伦姆至少会在医院待上三个月。一个侦探告诉我，他很肯定法庭会把这个人关押起来，然后判他无期徒刑。救护车上的人也告诉我，鲁克也会被送进监狱，但是在此之前也会在医院住上一段时间。很显然，在此之前他就犯下了一系列的罪行，比如偷盗、施暴，还有其他。"

"你觉得是他闯入了你外祖母的书房吗？"腾达伊很震惊地问。

"纳米比亚的警方觉得极有可能是他，"玛汀回答说，"他名义上是鲁宾·詹姆斯的司机，但实际上却是科伦姆付钱雇的间谍。警方猜测，当鲁宾·詹姆斯对'方舟计划'逐渐变得消极的时候，科伦姆派鲁克去找可能帮助他们在必要时候把萨沃博纳从詹姆斯手里夺过去的文件。"

"你们现在对鲁宾·詹姆斯是什么感觉？"腾达伊想知道，"在他反对科伦姆转而为你们说话的时候，你们改变了想法吗？"

这是一个玛汀和本都觉得很难回答的问题。鲁宾·詹姆斯和他的生意伙伴一样腐败吗？还是他其实是一个出于善意、真心想拯救动物和保护水源的人，只是被人勒索而犯了错呢？为了不进监狱，他答应卖了他在纳米比亚所有的酒店，在偿还债务之后，还要向应对全球变暖的机构和拯救大象的慈善事业捐出一半的钱。他也会为吉福特建立一个信托基金，以此来弥补吉福特。

"我想明天我们就会知道他到底是好人还是坏人，看看他是不是依然计划着要夺走我们的家。"玛汀说，"哦，我希望外祖母带回来的好消息是关于保护区的。留住萨沃博纳、杰米和可汗会是我一直以来渴望的最好的圣诞礼物。"

午饭后，本和腾达伊一起出去检查保护区，玛汀帮格蕾丝一起洗碗碟。站在水槽边，温暖的肥皂泡一直漫到手肘，玛汀发现整个纳米比亚的冒险已经像梦一样。

"小辣椒，你很安静。"格蕾丝说，"我告诉你需要去很远的地方找到真相是正确的吧？"

玛汀把手擦干，搂住格蕾丝丰腴的腰，说："是的，你做对了！如果我和本能在让大象获得自由这件事上帮上忙，我会感到很自豪，但是……"

"但是什么？"

"这真的什么都不是。"

"如果你感觉到沮丧就不是'什么都不是'，如果这刺依然在你心里就不是'什么都不是'。"

"只是……"

"你继续说。"

"嗯，只是你告诉过我大象会带我找到真相，我以为你说的真相会跟我的天赋有关，我想我有些难过是因为我在这件事上没有丝毫进展。"

格蕾丝笑了："那四片树叶带你找到了圆圈，不是吗？圆圈又带你找到了大象，是吗？"

"是的。"

"大象把你带到了哪里？"

玛汀想了一会儿，说道："大象把我带回到了这里，它们带着我……带着我回到了萨沃博纳。"

她后退了一步，问："你在说什么，格蕾丝？真相在这里吗？你知道的，是不是，你知道我的故事。"

格蕾丝拉出一把椅子坐下，从她的脸上得不到任何信息："我知道一点。"

透过厨房的窗户，玛汀看到了杰米。它依然站在门口，等着她。一看到白色长颈鹿，她身体里积攒了数月的挫败感瞬间冒了出来并涌遍全身。虽然她被赋予了某种天赋，却不知道这天赋是为了什么，或者说她为什么会被选中并得到了这种天赋，一想到这些她快要疯了，这对她来说太残酷了。

"为什么祖先们要选择我呢？"她情绪激动地问格蕾丝，"这没有任何意义，从某种程度上来说，这是错误的。虽然我在萨沃博纳出生，但是我在英格兰长大，所以，比起南非人我更像是英国人。另外，我就像所有的白人女孩一样平常呆板。为什么他们不选择一个非洲孩子呢，或者一些特别的人，比如吉福特？"

"祖先们并没有选择你，是你选择了自己。"

玛汀慢慢坐下来，问："这是什么意思？"

"我的意思是，小辣椒，天赋跟肤色以及出生地没有关系，也跟平凡或者不平凡没有关系，天赋跟爱有关。"

格蕾丝喝了一口茶，说："以你的象语者朋友为例。你告诉我，在一次暴动中他被一头大象抓走了，几个月后他又被找到了，并和一群大象快乐地生活在一起。但是，如果换成其他成千上万个男孩中的任何一个，他们可能早就被同一批大象撕碎，但是约瑟夫的心里对这些大象有着纯粹的爱，它们知道他懂它们的语言。"

玛汀感觉到眼泪快要涌出来了，这也是她遇到杰米时的感受。她知道杰米是她的精神伴侣，她也知道就像她在过去几周所做的，就算走到天涯海角也要去爱它，去确保它的安全。假如知道自己和本做得不够，她会感到极度痛苦。

"你也一样，小姑娘，"格蕾丝继续说，"每一代都会有一个治疗师——可以是人，也可以是动物。比如，一千个十一岁的孩子可能会在一个暴风雨的晚上看向窗外，就像你一样，看到了白色长颈鹿，大部分人会很兴奋，有一些人可能也会像你一样很勇敢地走到保护区，近距离地看一看。但是只有一个人，会足够在乎、足够耐心、足够有爱地驯服白色长颈鹿。"

"祖先们预言在这片土地上会有一头白色长颈鹿出生，它会变成孤儿，会被大象拯救，然后在神秘谷里得到庇护之所。他们预见到一个充满爱的小姑娘会治愈这个生灵，反过来，白色长颈鹿会以某种方式回报——一种治愈其他动物的能力。"

"但是他们并不知道会是我。"玛汀柔和地说道。

"是的，他们并不知道会是你，"格蕾丝把手放到玛汀肩膀上说，"但是我知道，小辣椒，我知道。"

玛汀的心怦怦直跳，就像刚跑完马拉松。她可以听见窗外鸽子的低鸣声，她不知道如果鲁宾·詹姆斯接管了萨沃博纳，它们还会不会像现在一样欢乐地歌唱着，或者是詹姆斯会让扩音器再一次遍布花园，播放着鸟儿歌唱的声音。

玛汀用她白皙的手握住格蕾丝褐色的手："谢谢你告诉我你所知的一切。这很有帮助。我一直感到内疚，一直在想：'为什么是我，我什么也没做，不配拥有这样的天赋。'但是现在我知道了，这是关于爱，我不那么惧怕这个天赋了。我感觉轻松了很多，仿佛肩上的负担已经卸掉。也许真相真的能让人获得自由吧。"

"当然是的，"格蕾丝热心地说道，"当然是的。"

"格蕾丝，在萨沃博纳的这一年里我面临了很多挑战，是吧？"

"是的，亲爱的，但是克服这一切之后，你变得更坚强了。"

玛汀微笑着说："这意味着现在我能够读懂记忆空间里的壁画了吗？"

格蕾丝给了她一个紧紧的拥抱。"为什么不去那里找一找呢？"

"真的吗？今晚我能去吗？格蕾丝，如果我把神秘谷告诉本可以吗？我们一起经历了这么多。"

"当然可以，就像我告诉你的，他是你命运里的一部分。"

31. 分享记忆空间的秘密

让本实在难以理解的是，杰米的步伐竟然可以如此流畅如此有韵律。"就像是骑着飞毯！"本对玛汀说。此时他们疾驰着穿越月光下的热带草原，遇上了一群警觉的狮子和一群受惊的跳羚羊。

玛汀感到如鱼得水，因为她从来没有机会和别人分享骑着白色长颈鹿的感受（她和格蕾丝穿越保护区的时候，白色长颈鹿用的是像树懒一样的节奏），也从来没想过她会有机会。她外祖母不会同意的，但是玛汀感觉到，有了本的陪伴和由此而来的安全感，在满月的月光下，骑着杰米穿越萨沃博纳，要比坐飞机偷渡，或者是和狂妄自大的人以及被抢劫的大象一起被困在国外的沙漠里安全多了。

当他们到达那片贫瘠的空地，来到那棵守护着神秘谷的扭曲的树前时，本感到不可思议："我和腾达伊路过这里数百次，从来也不会想到这里有什么，这里看起来总是如此荒凉。"

"闭上眼睛抓紧了。"玛汀命令道，她用腿使劲夹紧长颈鹿，抓住了杰米银色的鬃毛。只感到杰米的脊背微微隆起，他们便急速地穿过带着刺的藤蔓，以及岩石间看不见的空间。

"但愿我爸妈旅行回来，没有发现我因为骨折躺在医院的床上。"本一边说着，一边神情紧张地抓着玛汀。这时，白色长颈鹿忽然嘶叫一声停了下来，"我可以睁开眼睛了吗？这到底是什么地方？这里好香。"

"这是兰花的香味。本，你相信我吗？"

"我以生命保证，我相信你。"

"那么再把眼睛闭上一会儿。杰米，跪下来，真是个好孩子。"

白色长颈鹿弯下膝盖，跪在地上。玛汀把本扶下来。她紧紧地握住本的手，带着他沿着蜿蜒的隧道一直往里走，满心希望能见到可汗，一步一步走上长满苔藓的台阶，穿过蝙蝠前厅，最后进入了记忆空间。

"好了，"她说，"现在你可以睁开眼睛了。"

本睁开眼睛，只觉得头晕目眩，眼前是目不暇接的壁画。这些古老的色调是如此炽热鲜活，仿佛在岩壁上起舞。

看着本难以置信的表情，玛汀咯咯地笑了起来。

"玛汀，这是我到过的最有魔力的地方，就像是你的私人美术馆。"

玛汀坐到凉凉的石凳上。"这也是我一直以来的感觉。这是我在这块土地上最喜欢的地方，真不敢相信，我们就在这里。在沙漠里的时候，很多次我都以为我们回不来了。"

本在玛汀的身边坐下。"我的感觉和你一样，但是这个地方让一切都变得值得了。嘿，看那是什么？看起来很像是大象的脚印。"

玛汀盯着本指着的那个斑点看，这也正是她问过格蕾丝的，她以为那个斑点是祖先们画错了。从远处看，这确实是一个大象的脚印。同时，她也注意到了其他一些东西。那个斑点单独占据了模糊的蜂窝状结构的一个六边形格子。还有一个格子中有一系列迷你的标识，其他格子都是空的。玛汀不知该怎么解读它们。

前厅外，蝙蝠开始疯狂地吱吱叫起来。通过洞穴的入口，他们可以看到蝙蝠形成了一个黑色的旋风般的圈。本惊得一跃而起，问道："可能是有人来了吗？"

"只会是可汗。"玛汀说，但是可汗一直不出现，这让玛汀开始觉得不安，"没人知道这个地方，除了我和格蕾丝。"

本再一次坐下，但是她可以感觉到本有点坐立不安。为了吸引他的注意力，玛汀说："我有一个办法。"

本叹着气说："每次你有主意，似乎总会出现一些非法活动和有着锐利长牙的野蛮动物。"

"不，很简单。我们所要做的就是在洞穴的不同地方躺下来，看着天花板。"

"要看什么呢？"

玛汀笑着推了本一把。"什么也没有，傻瓜，只是一个游戏。"

他们躺在冰凉的石头上，眼睛盯着洞穴的顶部。

"确实挺好玩。"本问道，"下次我们可以再来一次吗？"

玛汀情不自禁地笑起来，说："告诉我你看到了什么。"

"我看到了很多石头，"他挪动到洞穴的另一边。"哦，这里有更多的石头，等一下，我想我看到了……是的，肯定是石头！"

当玛汀兴奋地叫起来时，本又挪动了一次。"本，到这里来。洞穴的顶部，你能看到吗？像是六边形的。"

两分钟后，他们来到了隧道的迷宫里，格蕾丝曾经在她们发现象牙的晚上带玛汀来过的那个迷宫。他们一边走，本一边用他们带来当零食的面包撒下了一路的面包屑，这样他们就可以找到出去的路了。"像是童话故事里的汉斯和格莱托。"他开玩笑地说。

不久之后，他们就发现玛汀的结论是对的。在大自然的鬼斧神工下，每一个洞穴都是非常巧合的六边形。有一些六边形是倾斜的，但是基本上神秘谷就似一个巨大的蜂窝。如果像玛汀猜测的那样，记忆空间是被大象足迹指示的洞穴，那么有标识的洞穴就是离山谷入口最远的。

他们沿着山路越走越深，在手电筒的照射下，他们发现一路上墙体被腐蚀得越来越厉害。轻轻一碰，墙面就会有一些花岗岩的粉末掉下来，岩石滑落的迹象越来越明显。每一个新的洞穴都比前一个更加尘土飞扬，也布满更多的蜘蛛网。

玛汀一度以为听到了脚步声，觉得毛骨悚然："你觉得这里有鬼吗？"

"可能吧，"本说，"但是更有可能我们听到的是蝙蝠或是蹄兔的声音。我估摸着我们应该返程了。如果隧道崩塌了，我们会被活活埋在这里。"

"本，求求你，咱们再看看一个洞穴吧！"

本知道这对玛汀意味着什么，一时心软了："最后再走一个洞穴，之后我们就回去，扛也要把你扛回去。"

空气中弥漫着难闻的霉味和灰尘，就像是吸进了一张张破旧的老蜘蛛网。隧道的高度并不比他们的身高高太多。其实，玛汀内心充满了恐惧，想要尖叫着逃走，但是身体里似乎有一股更强大的力量拖着她向前走。

　　最终他们来到了洞穴前，这是他们见过的最小的洞穴，也是破坏最严重的洞穴。破碎的岩石像金字塔般堆砌在地上，蜘蛛在密密麻麻的网上四散而逃。

　　"这里什么也没有，"玛汀失望地说，"如果这里曾经有一些标识或者壁画，也应该早就褪色了。我们走吧。"

　　"等一下。"本用手电筒照了照洞穴的顶部，"你注意到了吗？这不是六边形的。"

　　然而，让玛汀更在意的不是洞穴顶部的标识，而是从头顶落下的阵阵灰尘。是她的幻觉吗？还是灰尘真的掉得越来越快了？"本，我想我们得离开这里，感觉岩石顶马上就要掉下来了。"

"好的，但是再给我一分钟，我想再看一些东西。"他向稍远的那堵墙壁移动。这时候，随着一声令人毛骨悚然的叫声，可汗从影子里跳出来，它巨大的脚掌扑进本的胸膛，把本摁倒在地上。

"可汗！"玛汀尖叫道，"不可以！"

瞬间，就像被步枪击中了一般，墙体裂开了，一大块岩石从顶部掉下来，刚好砸在了前一刻本站立的地方。石块像雨一样纷纷掉落下来，洞穴顶部开始崩塌。

　　玛汀跑到本的身边，和可汗一起蹲到地上，用胳膊挡住头，页岩像阵雨般砸在他们身上，他们无处可逃。洞穴的一侧已经崩塌。看来，他们是要和蜘蛛、蝙蝠们一起被埋葬了。玛汀满脑子想的都是杰米，她多想有个机会和它说声再见。

　　渐渐地，岩石滑落的速度变慢了。掉下来的灰尘阻塞了他们呼吸的通道，也蒙住了他们的嘴。玛汀咳嗽着捡起了手电筒，颤颤巍巍地站起来。灰尘从她的衣服上头发上像瀑布一样掉下来。她揉了揉眼睛，试图清理掉眼睛上的沙土。

　　在坍塌的墙壁后面是另一个洞穴。可汗走在最前面，玛汀紧跟其后，本踌躇不前看着洞穴，玛汀和豹子只好也停下来盯着看。本可以看到洞穴的墙壁上整面整面的都是褪了色的壁画和蜘蛛网，但是直觉告诉他，玛汀可以看到更多。他转过身，不想去打扰。

　　"只有时间和经历会给你理解它们的双眼。"关于洞穴里的壁画，格蕾丝曾经这样告诉过玛汀。现在，她终于看到了，她生命的旅程在她眼前徐徐展现开来，就像格蕾丝一直预言的。

　　她搂着可汗蹲下，看着她的命运在褪色的壁画上展开，越来越清晰，仿佛是在看电影。每一幅图上都有动物——逃脱追捕的丛林猩猩、掉入陷阱的老虎、融化的冰盖上的北极熊或是试图摆脱狩猎船只的鲸鱼。每一个场景里都有一个男孩和一个女孩在帮助它们。

　　一阵低沉的隆隆声传来。可汗咆哮着，咬住玛汀的脚踝。一阵震耳欲聋的响声过后，剩下的洞穴顶也开始坍塌了。

　　"快跑！"本大喊着拉起玛汀的手，两人冲入隧道。可汗疾冲而过，跑到他俩的前面，玛汀和本紧紧地跟着它，相信它能认得路。之前扔下的面包屑，现在对他们来说已经没用了。

他们一边跑着，隧道一边在身后坍塌，激起猛烈的碎石雨以及火车蒸汽般咕咕冒着的尘土。玛汀开始感到绝望，就在此时，被满天星星点亮的出口映入了眼帘。她咳得喘不过气来，蹒跚着走到了隧道外，无力地瘫倒在地上，大口大口地呼吸着新鲜的空气。可汗跑过来用它那砂纸般的舌头舔着她的脸。

"谢谢你，可汗，"玛汀说，半笑半啜泣着，"你救了我们的命。"

本小心翼翼地伸出手摸摸可汗："它救了我两次。"

当他们到达山脚的时候，天刚破晓，杰米就等在那里，焦灼地来回踱着步。它听到了地下洞穴坍塌发出的可怕的轰隆声，害怕到几乎就要失去理智，因为它无法去找玛汀。看到杰米有朋友——安吉尔陪伴，玛汀和本感到很欣慰。

"看起来你可以骑这大象回家了，本。"玛汀打趣道。

"不要，"本抗议道，"你可不要挖坑陷害我。上一次我看到这大象的时候，它可是在飞奔着追赶鲁克，还想把他踩死。"

"那不是它本来的性格，"玛汀笑着说，"你会没事的。安吉尔是它的名字，也是它的本质。"

32. 新年到了

在平安夜那天的早晨，格温·托马斯回到了家里。在此之前，本和玛汀洗了个热水澡，将自己收拾得干干净净，穿上他们最好的衬衫和牛仔裤，虽然这并不意味着什么，却给这位旅途归来的人留下了深刻的印象。看到他们，格温·托马斯很是兴奋，甚至忘了保持自己的冷形象。她张开双手拥抱了他们，情绪有些激动。

"太感谢了，可算是回到萨沃博纳了，就算是惊慌逃窜的象群也无法把我拖走。"她说。玛汀心里默默地说道："你会为惊慌逃窜的象群做的事感到震惊的。"

他们把格温·托马斯带到厨房，桌上摆着格蕾丝做好的最精致的早午餐——有杧果和木瓜切片、丛林燕麦、农场的鸡蛋、野生蘑菇、烤土豆和超棒的自家制作的种子面包厚切片。玛汀惊讶于格蕾丝将家里的一切打理得井井有条的同时，还可以挤出时间到当地农场商店去采购。

"超棒的欢迎宴，"格温·托马斯很显然被感动了，有些激动地

说，"多么美好幸福的家庭呀。电话接不通的时候，我一直在想象萨沃博纳可能发生的事情，总是在担心你们两个——"她对本和玛汀点头，"对，就是你们两个——会为了保护我们的家和动物们而陷入困难境地。显然，我失眠的那些夜晚不算什么。你们干得很漂亮，既照顾了保护区，也照顾好了你们自己。"

玛汀意识到自己一直屏着呼吸。"我们搬离萨沃博纳的最后期限是今晚半夜，但是你打电话告诉格蕾丝有好消息。快告诉我，我不会从杰米身边离开，快告诉我，一切都会没事的。"

外祖母笑了，说："一切都会没事的，但是仍然需要做些什么。你们不会相信我经历了什么。有时候我感觉自己像是惊悚片里的一个角色。"

这时，格蕾丝递给她一杯新鲜的橙汁，坐到桌边，向本和玛汀眨眨眼，对格温·托马斯说道："亲爱的，你为何不跟我们讲讲来龙去脉呢？"

格温·托马斯刚到英格兰的时候根本无所适从，直到她得知起草了鲁宾·詹姆斯之前给的那份遗嘱的律师被卡特鲍律师事务所解雇了，这名律师还面临诈骗指控。

"他正被保释候审，对我很不客气，"外祖母解释说，"但是我很快让他注意到了自己的言行举止。"

玛汀想象这个强硬的诈骗犯被外祖母教训得浑身颤抖的模样，暗笑了起来。

"在一系列非同寻常、富有创意的谎言和借口之后，他承认，在亨利死之前的那个夏天，亨利在卡特鲍律师事务所见过他，并且偿还了欠鲁宾·詹姆斯的全部债务。就是在那个早晨，这个律师偷听到鲁宾·詹姆斯说他会不惜一切代价接管萨沃博纳。他看到了大赚一笔的机会。他瞒着我的丈夫，在那份偿还了全部债务的证明书下放了一份新的遗嘱复印件。而亨利在不知情的情况下签了字，事实上，他签的是卖了保护区的遗嘱。"

"那个律师太阴险狡诈了。"腾达伊惊恐地说。

"我同意，他的计划是以帮助鲁宾·詹姆斯得到萨沃博纳为名，然后从詹姆斯那里得到一笔钱。他声称，一开始鲁宾·詹姆斯并不想参与这件事，甚至威胁他要让他失去工作，但是随着詹姆斯债务越来越多，又着迷于一些为保护区策划的动物项目，詹姆斯的合作伙伴迫使詹姆斯这么做了。"

外祖母笑着说："我想跟你们分享的好消息是，鲁宾·詹姆斯显然是十分后悔，他昨天联系了我的律师，说要撤销对保护区的索赔要求。我们的家安全了，我们的动物，还有工人的工作也都安全了。"

大家欢呼雀跃着相互碰杯，这是他们所有人都希望得到的最好的圣诞礼物。

"那么那把钥匙呢？"玛汀问，"你找到那把钥匙是干什么用了吗？"

"我很偶然地找到了，"格温·托马斯说，"我去拜访了你在汉普郡的老邻居——莫里森一家。莫里森夫人提醒我，她在火灾后不久就写信给我，说薇若妮卡曾经请她保管过一个箱子，问我是不是需要寄过来。那会儿事情太多了，结果我把这事忘了。"

"箱子里有什么呢？"本好奇地问。

"主要是文件。全球变暖、大象，还有一个叫作'方舟计划'的研究文件。我一直觉得薇若妮卡只是写了些松糕、沙发家具用品一类的内容，但事实是，亨利告诉过她关于大象安吉尔的故事，也告诉过她安吉尔来自糟糕的纳米比亚动物园。她在去世之前一直在研究，我把她所有的文件移交给了苏格兰郡的一个侦探。"

格温·托马斯停顿了一下，在面包上涂了些栗子酱。"我没想过这件事会有什么结果，但就在我登机回国之前，侦探给我打了电话，说詹姆斯因绑架大象以及试图引发水资源的战争在纳米比亚被捕了。这是当时让我觉得最奇怪的地方，我以为我一定是听错了。我确信在未来几周里，所有的事都会一清二楚的。"

她满足地吸了口气，说道："这会让你们意识到，能够不用跟那种人打交道是多么幸运的一件事。"

晚上十一点之后，本和玛汀偷偷下楼走进漆黑的夜色里。玛汀吹了吹无声犬笛，白色长颈鹿从大门边飞奔过来。玛汀不想在外祖母刚回来的晚上，因为征求是不是可以在平安夜晚上骑一骑杰米的意见而让外祖母感到不踏实，于是玛汀想到了完美的解决办法：杰米可以来花园里。

虽然这会让照顾花草的萨姆森不高兴，但是这样她和本就可以保证安全，不会被狮子或蛇伤到。他们在这一周经历了这些事之后，这应该是一件积极的事了。

对于来到被格温·托马斯打理得整洁干净的花园这件事，杰米毫无怨言，尤其是玛汀和本已经在一棵美味的忍冬树下躺下了，它用舌头卷起像铃铛般的花朵享用着花蜜，也享受着人类朋友的陪伴。

玛汀也感觉到同样的快乐，她可以和深爱的白色长颈鹿如此

贴近，在未来的几年里杰米都会是她的，也不用担心别人在它身上做实验，或是以高价被竞拍。当然，她也很高兴，可以像往常一样，和最好的朋友在一起。这一年来她所感受到的治愈的温暖和快乐都直接来自本的善良、忠诚和毫不动摇的勇气。在得知他们的命运将相互交织在一起，玛汀感到分外欣慰。

"你在想什么呢？"本撑起胳膊肘问道，凌乱的黑发从脸上滑落下来。一年前初遇玛汀的时候，他还是卡拉卡尔小学里最弱小的那个，就跟玛汀一样瘦小，但是从那以后他迅速成长，肌肉也变得强壮了。玛汀心里想，他其实非常帅。

"我在想我们所走过的这一路。新年到了，我就要十二岁了，不久之后我们就要上中学了。"

"中学！想到就觉得可怕，"本说，"但是也很让人振奋，会是一个有新冒险的新篇章。玛汀，你觉得我们的命运真的会像你在洞穴壁画里看到的那样吗？我们真的会环游世界拯救鲸鱼、北极熊和其他濒危动物吗？这可是一个不小的责任啊。"

"是的，"玛汀同意说，"但是，如果一起面对的话，我们可以做任何事。"

本冲她笑了笑，说"我也希望可以这样。"

他们各自沉默地躺了一会儿，静静聆听着萨沃博纳夜晚生灵们的声音，呼吸着甜甜的鸡蛋花树和杧果树的香气。他们头顶上，白色长颈鹿的轮廓在夜晚的天际下就像是一尊银色的雕塑，仿佛跟星星并肩。

　　本看了看手表。"嘿，玛汀，已经是零点过一分钟了，现在是圣诞节凌晨了！我们成功了！我们克服了所有的困难，我们成功了。"

　　玛汀开心地大笑。她高高地跳起来，给了白色长颈鹿一个圣诞之吻，杰米低下头蹭着玛汀的背。"是的，我们做到了，但是杰米，没有你，我们无法做到。"

后记

　　我童年最清晰的记忆之一，就是在非洲靠近我们家农场的另一个农场里看到了五十头小象。它们在一次捕杀中成了孤儿，要被送到世界各地的动物园。我现在不是一个动物园迷，那时候也不是，而且我坚决反对捕杀——一种以"为了它们好"的名义捕杀大象的行为，因为在某个区域有太多大象。虽然我为小象们的未来感到害怕，但还是深深地被它们迷住了。我坐在栅栏边，看着它们追逐打闹，用笨拙的腿在围场里奔跑着，小小的鼻子摆动着，那时候觉得它们可爱至极。

　　多年以来，我很幸运，得到了很多可以近距离接触大象的机会。我摸过它们粗糙的有些扎手的背，在它们长长的睫毛边细语，看着它们欣喜若狂地在泥浆里打滚，骑过它们，也在车里被它们袭击过。但就像《非洲象之谜》里的玛汀，我从来都没有过多地想过大象有惊人的智慧和天赋，直到我发现它们的听力如此敏锐，可以听到远在十公里外其他大象发出的交流信号。它们家族的联系是如此强烈，在捕杀中变成孤儿的小象甚至会在噩梦中惊醒尖叫。于是，我记起了在农场上见过的小象，深感难受。

　　但从好的一方面来想，就在我写《非洲象之谜》的时候，我能够花数月的时间去研究大象的行为。我所习得的一切让我意识到，我们必须做力所能及的一切去拯救这些了不起的生物，拯救它们错综复杂又充满爱的群体。除非像玛汀那样学会理解它们，否则我们就做不到。

我研究的另一部分是到纳米比亚——这个故事的背景地所在。这是非洲美得最令人窒息的国家之一，但是它的存在又依赖于有限的降雨资源，这里越来越多地受到全球变暖的影响。其他沙漠地区，如澳大利亚的内陆地区，也有着同样的处境。我的父亲，是津巴布韦的一个农民，他经常跟我讲述在他有生之年见证的灾难性的气候变化。我们现在正使用着相当于 1.4 个地球的资源。当资源被使用殆尽的时候，就什么也不剩了。

写作"白色长颈鹿"系列，让我感觉最棒的就是可以和一群不仅仅以治愈和拯救动物为己任，而且努力让它们的生活变得更好的角色在一起。地球上大概有 68 亿的人口。想象一下，如果我们中的每一个人都做一件小事来帮助野生动物或者保护环境，地球很快就会复原，我们也都会受益。

这个世界上有一件很神奇的事是，地球正在变小，我们都彼此联系互通。不要觉得你离得太远，无力影响世界。再小的行动都会有影响，不管是在你上学路上停下来对小猫或者小狗施善，还是不随地丢垃圾，或是在学校参与一个保护非洲濒危物种的项目，都会影响这个世界，即使可能当下你没有意识到。

与此同时，追随你们的梦想吧，听从你们的内心，保护大自然。

劳伦娟

2009 年写于伦敦

THE ELEPHANT'S TALE

First published in Great Britain in 2009 by Orion Children's Books.

Text copyright © Lauren St. John 2009.

Simplified Chinese translation © 2018 Zhejiang Photographic Press.

All rights reserved.

浙江摄影出版社拥有中文简体版专有出版权，盗版必究。

浙江省版权局
著作权合同登记章
图字：11-2016-450 号

责任编辑：王旭霞
装帧设计：巢倩慧
责任校对：高余朵
责任印制：汪立峰

图书在版编目（ＣＩＰ）数据

非洲象之谜：影像青少版／（英）劳伦娟
(Lauren St. John) 著；颜冰沁译 . -- 杭州：浙江摄影出版社，2018.4
　　ISBN 978-7-5514-2144-7

　　Ⅰ．①非… Ⅱ．①劳… ②颜… Ⅲ．①儿童小说－长篇小说－英国－现代 Ⅳ．① I561.84

中国版本图书馆 CIP 数据核字（2018）第 051261 号

非洲象之谜（影像青少版）

〔英〕劳伦娟　著　颜冰沁　译

全国百佳图书出版单位
浙江摄影出版社出版发行
　　地址：杭州市体育场路 347 号
　　邮编：310006
　　电话：0571-85170614
经销：全国新华书店
制版：杭州林智广告有限公司
印刷：浙江兴发印务有限公司
开本：710mm×1000mm　1/16
印张：14.75
2018 年 4 月第 1 版　　2018 年 4 月第 1 次印刷
ISBN　978-7-5514-2144-7
定价：32.80 元